三民叢刊186

# 綠野仙蹤與中國

賴建誠 著

三民書局 印行

# 序

這本文集可以視為《重商主義的窘境》（本叢刊第五十一號）的續作，內容分為論述和隨筆兩類，各篇文章之間的關聯性很低，應該算是一本雜文集。

這些文章中我最喜歡〈人生三願〉，所談的雖是日常小事，但同時涵蓋了好幾個問題的面向，親友之間對這個故事也都還欣賞。

出了這本文集後，我對寫這類文章的興趣已淡。下次若還能再集出一本，那應該是十多年之後的事了。

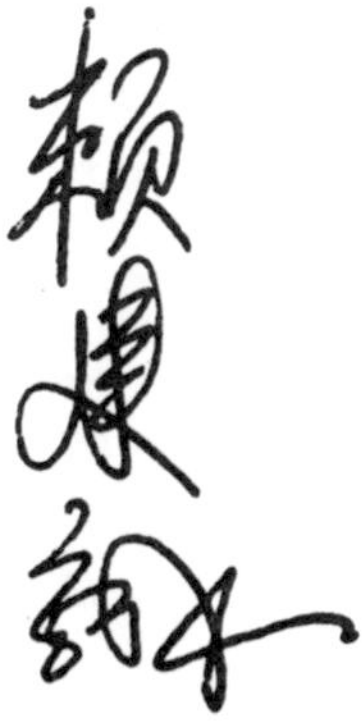

一九九八年八月

新竹・清華

# 目次

## 二、隨　筆

# 一、論說

# 漢人與牛肉

蒙古、新疆等地回蒙族的糧食基本上以肉食為主，因為從地理的結構上來看，那些地帶不適合農耕，而行游牧逐水草而居，所以畜肉產量相對的比農產品豐富，是主要的卡洛里來源。漢族的生活以平原和丘陵地的農耕為主，這種經濟型態較容易養活人口。秦漢以後的中國，只要維持上百年沒有戰爭或水旱災，人口很快地就激增到土地生產力不勝負荷的程度。人口一達到飽和點，土地就會被極度開發運用，產生與河道爭地、圍湖耕作的情形。

土地過度開發的結果是：「開山開到頂，殺人血滿井」，因為已經達到土地運用的極點，人口所需的糧食超過土地所能生產供養的程度，自然會有饑饉。強悍者起而聚眾成匪，殺燒擄掠，官匪交戰殺人無數。若壓得下就罷，壓不下就改朝換代，朱元璋不就是從飢餓的小和尚搶殺出天下的嗎？中國的經濟史幾乎都沒跳出馬爾薩斯陷阱：糧食產量跟不上人口增加量，一旦超過負荷，就靠天災人禍來平衡。靠農業技術的突破來增加糧食當然是解決的方式，但總是跟不上人口在承平時期的激增速度。在這個基本限制之下，只好在既定的農技水準之下，讓每個單位（畝或甲）的土地生產最大數量的卡洛里，來養活眾多的人口。

若以精耕的方式種稻，而且在江南地區能兩熟的話，每畝地所能生產的卡洛里，一定高過以同面積的土地種牧草養牛羊所得的肉類卡洛里數量。牛羊需要活動面積，而且也不能一年兩熟，也就是說：要獲取十萬卡洛里的熱量，種米麥要比養牛羊省地。在人口龐大的糧食壓力之下，種稻麥尚且不足以養活眾生，哪有餘地去養牲畜來當作食物？

在稻麥與畜牧爭地的情況下，漢民族自然缺乏肉類蛋白質的來源，只好靠植物性的蛋白質來補充：豆類及其加工品，如豆漿、豆腐等等。但肉類還是人體所需，所以自然地會去開發不佔耕地的肉類資源：雞鴨類與豬。雞鴨養在屋院，吃五穀與田地內的蟲螺；豬養在房舍邊的豬圈內，利用人類剩餘的糧食。簡言之，雞鴨豬和人類是共生的關係：人以剩餘的糧食和不佔耕地的空間養牠們，牠們以動物性蛋白質回報。

以這種形態生產的肉量，當然不足以供應一般家庭每人每天所需，所以會去開發另一類不佔耕地的肉類來源：狗、蛇、蛙、鼠、魚蝦。可是魚蝦也不是各地都有的天賜糧食，要有河湖才行。我大概是在胡適的《四十自述》裡看到他說，安徽績溪的平常家庭一年吃不到幾次肉，有人用木頭雕成魚形放在菜盤內，夾菜時順便碰一下木魚，表示沾到肉類。不知實情如何，但這已悽慘地顯示出強烈的肉類飢渴症。

中原地區體積最大的肉類來源是牛馬。中原與華南並不產馬，漢武帝時尚且要到大宛買馬，馬匹基本上是戰爭與國防的工具，自然不是一般的肉類來源；牛則是耕種的工具，在漢文化裡通常以感恩的訴求來禁吃牛肉。然而一旦牛馬死了，最後大多還是祭了五臟廟。

雖說因為畜穀爭地而使得肉類缺乏，然而是富有家庭還是消費得起，但多以不與五穀爭地的雞鴨豬魚為主。因為如果富室嗜吃牛肉，在承平時期會引起社會性的示範效果，中等家庭也起而倣效的話，就會有一部分的耕地被挪來養肉食用的牛。一旦發生水旱災（而這是常有的事），糧食供應必缺，要把養牛的耕地轉種五穀已來不及。所以這不是市場供需的問題，而是維持社會均衡的必要禁忌。

所以若民間有吃牛肉的習慣，一旦遇到糧食欠缺，就會有更多的窮苦人家餓死（因為糧價暴漲而無隔宿之糧），所以就用更根本的道德性訴求，切斷民間對牛肉的需求：牛隻耕田養活我們，不可忘恩負義地吃牠。這種道德訴求納入宗教之後，更是有效的壓抑了牛肉的需求。富有家庭就算有能力、有機會也不敢輕易吃牛肉，以免遭議論，這樣的文化禁忌有效地阻擋了畜穀爭地的機會。

漢民族不吃牛肉的原因自然有其他詮釋，我是以肉穀爭地的角度來看。這讓我聯想起為什麼回教徒不吃豬肉的原因。宗教性的解說是：豬是骯髒的動物，宗教典籍上禁吃四蹄和不分蹄的動物，而豬正好符合這種分類。我對不吃豬肉有另一種見解，曾經和人類學者討論過，但他們不同意我的猜測。十多年前我到北非突尼西亞旅行一周，體會到沙漠邊緣生活的困難性，也自以為是的理解到為什麼阿拉伯人不吃豬肉，以及為何會容許多妻制。

大部分的阿拉伯人在歷史上是游牧的，在沙漠裡最缺的是水與樹林，所以燃料也必然稀少。我們都知道牛肉生食對人體無害（牛排館供應血淋式的牛排），而豬肉若不煮熟會很容易致病（醫學上很容易解說）。在燃料缺乏的地區，以阿拉伯人的烹調習慣（肉類很少切丁切片），豬肉大概引起過不少麻煩。一方面豬肉容易致病，所以會被歸類為骯髒的動物，二方面游牧民族在遷徙時豬隻的速度太慢而且不易管理，所以在教育不夠普及和醫學尚不足以理解細菌的時代，為了避免豬隻對人群的危害，最根本有效的方式就是用宗教的規定來禁絕。所以我猜測：宗教和文化上的禁忌，通常可以在歷史上找到對應性的現實約制背景。相對地，豬在西洋文化的觀念裡可以是可愛的動物，卡通造型也從未醜化過牠們。

另一項也是旅行時的領悟，同時也不擬與人爭辯的是：為什麼阿拉伯社會容許多妻制？聽說現在法律上已經禁止，但它的社會根源是什麼？我的看法是：這是游牧民族的必要設計，道理很簡單。大家都知道女性的平均壽命比男性長，男孩的夭折率大於女孩，所以自然人口中女性會稍多於男性。游牧民族不但有這種天然的約制，而且一旦碰到戰爭，男性的死亡率通常高於女性，而且死傷的通常是中壯年男子。這麼一來男女人口比例更是失衡，而且支撐族群的壯丁若突然減少，那些老弱婦孺由誰負責？所以我猜測多妻制的起源並不是鼓勵齊人之福，而是每個男子有義務要負擔一位以上婦女及其子女的生計。後來有人能娶四位老婆，那是因為傳統文化已能容忍富足者的誇耀方式。

再回來談中國的糧食問題。春秋之前的戰爭是貴族性的，百姓無資格參軍，而且以制伏對方為目的。戰國中後期商鞅在西方的秦國提倡軍功，尤重首功（殺敵取首級），之後在幾次東征中採取了殲滅型的戰爭，以長平或馬陵之戰為例，都是殺人無數血流漂杵的消滅性戰爭。為什麼形態會改變？從前的戰俘可以當作奴隸，而現在的秦國農業已相當發達，不缺乏勞動力，戰俘成為消耗糧食的負擔，自然沒必要。而且消滅敵國的壯丁，更是接收該國最簡捷有效的方式。大概從那時起，中國對人權的概念有了很大的轉變，而究其根本考慮，糧食與人口之間的緊張性應是主因之一。不知道是李鵬或江澤民說的：「美國對中國的人權問題一直有意見，他們不瞭解，在中國只要不餓死人就夠保障人權了。」

西洋人說中國人是：陸上走的除了車子之外，天上飛的除了飛機之外，海裡游的除了潛水艇之外，全吃；可見糧食對漢民族的壓力有多大。牛排館現在是到處可見，牛肉也到處可以廉價買到，可見我們對牛肉的觀點改變了。有人說那是澳洲牛，也不幫我們耕田，所以不必有心理負擔。這些都是解除文化禁忌的說辭，我認為最根本的原因，是這些牛肉和我們的基本糧食來源沒有競爭性的關係。文化禁忌通常可以找到現實約制條件的歷史根據，當這些限制解除後，文化禁忌就會跟著鬆弛，因為人類是條件反射性的動物。

《中國時報・人間副刊》
一九九六年十月九日

# 綠野仙蹤與中國

在《綠野仙蹤》第二十章〈脆弱的瓷器城〉裡，女主角多樂西(Dorothy)和她的朋友稻草人、獅子、鐵樵夫要穿過一座瓷器城。所有的東西都是瓷的，有瓷地面、瓷房子、瓷牛、瓷馬、瓷豬等等；連百姓也是瓷做的，有瓷公主、瓷牧羊女、瓷牧童等等，都不超過多樂西的膝蓋。他們進入這個城市，從一頭乳牛身邊走過時，瓷牛嚇了一跳，踢翻了放牛奶的瓷提桶，也撞倒了擠牛奶的瓷女孩；結果那頭牛斷了一條腿，瓷桶碎了，女孩的手臂也撞出個小洞。多樂西一再地道歉，但那個女孩憤怒地撿起斷牛腿，牽著那隻可憐的三腳牛一跛一跛地走了。不久之後，遇到一位年輕漂亮的公主，他們想靠近看清楚一些，沒想到那位瓷公主嚇得急忙想逃走。多樂西和她的朋友們還遇到一個瓷小丑，穿著補釘衣服，顯得又醜又滑稽。正當要離開這個城市時，獅子的尾巴不慎掃倒了一座教堂，多樂西說：「還好我們只傷了一頭牛和一座教堂，他們實在是太脆弱了。」

美國的貨幣史學者 Rockoff 在一九九〇年第九八卷第四期的 *Journal of Political Economy*

發表了一篇論文，說《綠野仙蹤》這部童話書裡，其實隱含了相當重要的美國貨幣史背景。他說此書的作者包姆(L. Frank Baum, 1856-1919)在政治立場上是個人民黨黨員(populist)，在經濟問題方面，他反對美國在一八七〇年代放棄金銀複本位改採取黃金單一本位。背景是：大約從一八七〇年開始，英法德諸國都捨金銀複本位而採黃金單一本位，國際銀價因白銀產量過多，而且白銀已不再是外匯準備而大跌。美國為了跟上世界潮流，所以在一八七三年宣佈放棄複本位改採金本位，這對西部的產銀諸州而言，因為世界銀價大幅下跌已損失慘重，現在連美國政府也不要白銀了，情況之淒慘不言可喻。

許多經濟學者和包姆一樣，認為這是美國政府貨幣政策的一大錯誤，稱之為「一八七三年的罪惡」(Crime of 1873)。但這是世界貨幣體制的潮流，美國在那個年代還不是國際經濟的主導者，只好跟著英法諸國的政策起舞。大約廿五年之後包姆開始寫作《仙蹤》，他把這廿五年間因為廢止銀本位而產生的禍害，以及另一些社會和政治方面的問題，透過童話的形式表達了他的不滿與意見。熟知此書的人，一定會注意到多樂西有一雙魔力強大的銀鞋（隱喻銀本位的重要性），以及住在綠色翡翠城（美鈔是綠色的）裡名叫奧芝的巫師(Wizard of Oz)，而Oz正是ounce（盎司，金銀的單位）的簡寫。單從這幾項外在的特質，《仙蹤》和美國貨幣政策之間的關係就可以顯現出來了。

Rockoff的文章把這層關係講解得很清晰，有興趣的人可以細讀。其中與中國相關的篇幅不多，主要是說〈脆弱的瓷器城〉(Dainty China Country)是在指涉中國。大家都知道china這個字在小寫c時是指瓷器，大寫時指的是中國，包姆寫這一章的用意是要說：中國在對外貿易上是個銀本位的國家，自從國際間放棄白銀本位後，中國貨幣的對外購買力大貶，而多樂西和她的朋友（美國的白銀政策），給這個脆弱的瓷器城帶來了驚嚇和破壞。Rockoff告訴我們：那位美麗的公主可能是在虛擬慈禧太后，而被獅子掃倒的教堂，是庚子拳亂時被義和團破壞的洋教堂。

暫且不論是否確實如此，我覺得這是一項有趣的詮釋。可是我卻認為，美國的白銀政策在一八七〇—一八九〇年間，對中國的經濟並未造成重大的影響：包姆誤以為中國當時蒙受「銀賤」的苦難，美國的白銀政策要負一部分責任。中國當時確實受到國際銀價跌落的影響，可是以美國當時的經濟實力和對國際金融的影響力，還沒有到足以嚴重傷害中國的行情。包姆讓多樂西和她的朋友們無心地破壞了可愛的瓷器（中國），那是因為他對中國貨幣體制的理解不足，才讓多樂西背了不必要的黑鍋。我的目的是要幫多樂西平反，因為真正的破壞者是別人：英法列強改採金本位所造成的國際銀價長期下跌。我希望以下的論點可以告訴《仙蹤》的讀者說：多樂西和她的朋友們其實不必有太大的愧疚感。

美國採取金銀複本位時（一八七三年之前），一盎司的黃金可以換一五・六盎司的白銀（一：一五・六），自從一八七三年放棄白銀本位之後，銀價持續下跌，到了一八八九年時跌成一：二二，產銀區的業者和礦工，以及原先持有大量白銀的人，因為損失慘重而組織起來，要求政府無限制地鑄造銀幣，給白銀業者一條生路。這是違逆國際潮流的主張，當然不會成功，但是到了一八九〇年卻有了轉機。共和黨主導的國會，想通過由東岸產業界所提出的一項關稅條例，所以就和西岸產銀州的議員達成協議，說如果西岸能支持通過關稅條例的話，東岸就支持通過購銀法案：要求財政部每個月收購四百五十萬盎司的白銀。這項法案在一八九〇年七月十四日通過了，稱為Sherman購銀法案。

這條法案一過，一方面大家懷疑美國是否還要維持黃金單一本位，另一方面預期白銀價格會因而回升，所以就投機搶購白銀來賣給財政部。這等於是議會強迫國家收購國際價值持續貶跌的白銀，數量是每年將近五千萬兩，以美國當時的國力，哪有可能長期撐下去？到了第三年（一八九三）的上半年就出現了警訊，財政部的黃金快耗光了，美國不知是否還能維持金本位制。經過了激烈的爭辯和拖延，國會在一八九三年十一月廢止了購銀法案。

我認為這項法案的影響主要是在美國境內，就算對外國有影響，也不至於妨害到中國。先從價格的角度來看，雖然此法案規定財政部每個月要購入四百五十萬盎司，可是並沒有限制它的收購價格。原先以為白銀價格會回升的投機者，沒想到世界各地的白銀湧入，所以在紐約和倫敦的白銀價格都不升反跌。再從數量的角度來看，白銀因為已不再是國際貨幣，所以各國急於清理庫存，最重要的出處當然是當時仍採銀本位的中國。在一八七一－一八八〇年間，中國進口的白銀數量約是三千三百萬兩（每兩等於三七・五公克），而在一八九〇－一八九一年間（即在美國購銀法案一八九〇年通過之後），進口白銀的數量約是九千六百萬兩（幾乎是三倍）。也就是說，不論從價格或數量來看，中國的銀子並未被美國吸走，反而還因為國際銀價的持續下跌而大量流入。

我認為購銀法案如果真的傷害到中國，並不是因為它的通過，而是因為它的廢除：財政部不再購銀，使得原本就低落的銀價雪上加霜。一八九〇年法案通過時的銀價是每盎司一・〇四美元，一八九三年底廢除時是〇・七八美元，廢除後一路跌到一八九八年的〇・五九美元，十年間貶了百分之四十四。對中國這樣的銀本位國家而言，這等於是外在地強迫她的對外購買力貶值。從鴉片戰爭之後中國有一連串的戰敗賠款、外貨侵入、外債高築，然後貨幣又大貶，真是欲哭無淚。更要命的是，當初的賠款是以白銀為單位，而現在銀價大貶，列強不甘損失，硬要中國再賠出這一大段匯差。包姆從媒體上知道中國的白銀問題，所以就設計了〈脆弱的瓷器城〉，來凸顯白銀政策殃及可憐的小瓷器城（中國）。

一九二九年世界經濟大恐慌之後，金本位制終於在一九三一年廢除，白銀回復了它的貨幣功能。美國政府在羅斯福總統任內，通過一項購銀法案（一九三四年），規定財政部不論是在國內或向國外採購，必須要使銀價維持在每盎司一・二九美元以上，或是當財政部白銀存量的貨幣價值，達到黃金存量貨幣價值的三分之一為止。這項新的購銀法案對中國就有影響了：第一、這次硬性規定要把銀價抬到每盎司一・二九美元以上；第二、可以向外國收購；第三、一九三四年的美國，在國際貨幣的領導地位上已和一八九〇年時不可同日而語；第四、金本位已垮，白銀不再是各國急於拋售的對象。這項購銀法案尚未通過時，中國政府就預見這會把中國白銀大量吸往美國，使得中國貨幣供給（白銀）銳減，造成物價下跌，百業蕭條。一九三四年的法案是否有此效果，還是爭辯中的問題，在此我只是要凸顯說：雖然是同樣性質的法案，但是一八九〇年的美國和一九三四年的美國，在國際金融體系內的行情完全不同，不論從價格和數量的角度來看，對中國的影響也迥異。

再回到一八九〇年代的情境。國際銀價長期下跌，在美國廢止購銀法案後更是火上加油，使得原本是銀荒的中國，竟然出現了「銀賤」的情形：一八八五—一八九五年間，白銀購買力跌了將近一半。何漢威先生在《中央研究院史語所集刊》（一九九三年卷六二第三期）發表了一篇詳細的論文，分析這種銀賤銅貴的狀況。他告訴我們，白銀一貶，銀銅比價也就大幅下跌：相對於白銀的下跌，銅錢的價值高漲了（一八八〇—一八八九年間漲了兩倍以上）。晚清的鑄幣權有一部分在各省政府手中，各省財政原本困難，一旦看出銅錢升值，就開始大量鑄錢牟利（可賺一倍以上）。若某省因鑄銅錢而獲利，鄰近的省分就會鑄造劣錢來此省買物品或換回良幣，所以就出現了典型的「劣幣驅逐良幣」效果：各省競鑄銅元，愈鑄愈差，銅元價值大貶，因而物價大漲。

在國際銀價下跌和美國購銀法案的影響下，如果中國是以銀為單一本位的話，就算受了傷但還能挺得住，因為白銀到底不是民間的日常貨幣。要命的是：銅元價格因而相對地高漲，各省競鑄所產生的劣幣效果，破壞了民間日常交易的銅元體系。銅元的敗壞助長了物價上漲、經濟不穩、暴動、鎮壓、軍費支出，這才是傷了命脈之處。包姆或許不理解中國是銀銅本位（不是西洋的金銀本位），或許他沒理解到對中國真正有殺傷力的不是銀而是銅，他有心或無心地指責美國白銀政策的副作用，讓多樂西和她的朋友以為他們傷害了瓷器城（中國）。現在我們可以比較深刻地理解到：多樂西他們其實沒破壞什麼，元凶是英法各國所採取的金本位。如果美國在一八九〇年通過的購銀法案對中國產生過影響的話，那最多也只是在駱駝的背上放下最後一根稻草而已。如果那項購銀法案是在英國制定的，而且多樂西是英國人的話，那麼她就可以因為在瓷器城的破壞而愧疚了。

《中國時報・人間副刊》
一九九七年十二月廿九日

# 評Galbraith著《不確定的年代》

## 一、背景

John Kenneth Galbraith (1908–)從一九五〇年代以來，就一直是知識界所熟知的名經濟學者，甚至到一九九〇年代初期，還在寫文章、出書、上電視；對一位八十多歲的人，這實在不是一件容易的事。他一九三四年從加州柏克萊大學取得博士學位，到哈佛經濟系擔任講師(instructor)以來，就持續發表文章，至今也一甲子了。

一九七〇年代初期，臺灣有個美國辦的中文刊物叫做《今日世界》，介紹人文社會方面的觀點與著作，同時也出版美國的名著譯叢。那時期能接觸到的西方刊物較少，這套在香港譯印的中文書，內容品質高、紙張好、價格便宜，影響既廣且深。Galbraith有兩本名著收在這個叢書內：《美國的資本主義》(*American Capitalism*, 1952)、《富裕的社會》(*The Affluent Society*, 1955)（臺銀經濟研究室也譯了《富裕的社會》，吳幹、鄧東濱合譯，一九七〇年）。

何欣譯了他的《新工業國家》(*The New Industrial State*, 1967；開明書店，一九七二年)。

他的傳記*A Life in Our Times: Memoirs*一九八一年由波士頓的Houghton Mifflin出版(五六三頁)。這是一本絕對有趣的自傳，作者經歷了兩次世界大戰、一九二九年的經濟大恐慌、在哈佛教過日後的甘迺迪總統、當過他的執筆人、替他出使印度，同時也是賈桂琳可以靠在身上哭泣的長者。他的多面向活動，加上他對文學、藝術、音樂的愛好，以及他在經濟學界的交往與活動，更是值得經濟學界的人一讀：他與凱恩斯的交接、擔任美國經濟學會會長、對經濟問題的看法等等，都非常的有趣。總之，他的傳記靈活豐富，值得譯出共享。

## 二、經濟觀點

林鐘雄的《西洋經濟思想史》(三民書局)，第二十八章詳細介紹了他的學說、他與美國制度學派之間的傳承，以及他的經濟主張；有興趣的讀者可參閱，在此不複述。或許是因為他經過一九二九年的大恐慌、在二次大戰期間主管過美國的物價控制，我們幾乎可以確定，他的基本信念是不相信市場機制，也不相信自由經濟，更不相信亞當史密斯的「不可見的手」。相反地，他認為經濟要成功，計劃是必須的，而要讓經濟計劃成功，政府的積極作為是必要的。我不明白在一九九〇年代初期，臺灣高唱市場自由化的階段裡，為什麼會請他來演說，邀請者想必是要請他來平衡一下臺灣過熱的自由化呼聲，但我懷疑這會有什麼效果。

這種「計劃」性的基調，在《富裕的社會》裡相當明顯。作者觀察到，美國的資本主義在「不可見的手」運作機制之下，造成了一項偏頗的結果：私人部門富裕化，公共部門貧困化。一個聳人聽聞的例子是：富裕人家駕著豪華的汽艇，航行在污染髒亂的河流上，因為政府無錢支付應做的公共建設與維修；資源的分配有利於民間而不利於公共部門。另一個例子是：紐約地下鐵內有饑餓無家可歸的流浪漢，但在第五街上也可以看到吃牛排的狗。從這些動人聽聞的例子裡，他主張經濟計劃是必要的，但他卻反對俄國式的集體性計劃經濟；他的計劃性經濟概念因而被定位在中間靠左的位置上。

他生長在北美式的資本主義社會裡，見到了這個體系的一些缺點，也看到了這個制度內部的制衡機制。他在《美國的資本主義》裡提到了一個觀念，至今都還有人在用。那就是資本主義的社會裡，消費大眾在消費者保護法之下，可以團結起來對抗不良的商品，或是不利於消費者的商業組織，例如：反對航空公司的航行獨佔權、反對電話或瓦斯公司在某些地區的獨佔性定價方式。所以，他雖然反對市場經濟的自由放任，看到了它的惡果，但也看到了能平衡這種趨勢的力量。

另一項為人熟知的概念，是他在《新工業國家》裡所提出來的：technostructure, technocraft

（科技結構、科技官僚）。基本的概念是：資本主義發達的社會裡，私人企業佔國民生產總值的比例愈來愈高，而在這些愈來愈影響國家與社會的企業裡，掌握決策的不再只是出資的股東或大家族的成員，而是逐漸地被有專業訓練的工程科技人員和管理專業人才掌握。這些「新階級」不但掌握了私人企業，甚至是商而優則仕地進入了政府的決策層次。因此，資本主義社會逐漸地科技結構化，科技官僚也逐漸成為引導國家的人。這一點在臺灣已經顯示得很清楚了。

## 三、《不確定的年代》

說明了他的背景與基本路線後，現在來談這本書的內容。一九七三年英國BBC廣播公司找他製作一套電視影片，介紹歐美經濟在近兩百年間的演變，可以包括經濟、社會與政治等方面的觀點，對象是一般學生、社會大眾以及知識界人士。

他在自傳的最後一章詳述了此事：原先的提議是拍一套經濟思想史的影片，由他寫故事與旁白；拍攝群在歐美各地找尋故事發生地點，拍攝相關的史料與事蹟。我記憶中好像共費了兩百萬英鎊，他在自傳中說耗時三年半，在本書上的序言裡也提到此事的大要。

這套影片在一九七六年底殺青，書中的旁白與部分劇照則出版成書，在一九七七年出版，之後出了法日等多國譯本。臺灣有兩個譯本，一是桂冠出版社的彩色本（一九八九），譯筆流暢易讀，但譯者大概不是經濟學界的人，因為她把凱恩斯的名著《一般理論》內的利息(interest)譯為利益。另一個譯本是聯經出版公司的，因為不打算再印，就把譯行權轉給了時報出版公司。

這本書分十二章，影片是每輯六〇分鐘，最後一卷為一三〇分鐘。我請學校的視聽中心花了一大筆錢，買進這套影片供同學觀賞。Galbraith在影片中的表情一成不變，口中喃喃不知所云。影片無字幕，道具簡陋，完全引不起觀賞的欲望。我不知道其他購買者（包括電視臺）是否有相同的感覺，對我而言，這是教學過程中的小創傷，尤其愧疚的是我浪費了學校的經費，影片只看了六集就存封了。

本書第一章介紹英國古典經濟學派的思想和當時的經濟背景。在短短的一章內，談到了亞當史密斯、李加圖、馬爾薩斯，以及這個古典時期的諸多問題，每個子題都是掃射性地晃了過去。他當然提到了這些大師的基本想法，以及產生這些觀念的時代背景，但實在是動作太快，「輕舟已過萬重山」。更讓讀者不舒適的是，在整章中看不出一個明確的主題，而是由十多個不一定能連結在一起的小題材拼湊組成。這樣的寫法是他一向的風格，我早已熟習，但仍不得不抱怨他在吊人胃口，因為他常提個話題，之後只用一頁左右的篇幅就結束了。若能切中要點，一頁也可以很有分量，而熟知他文筆的人都知道這是不可能的事。

第二章談資本主義的信念和作風。在歷史發展上這可以和古典學派的時代接得上，這一章也提供了許多有趣的小故事和圖片，並不枯燥。第三章談馬克思主義的起源與思想，正好可以和前兩章的資本主義相對比，在歷史時期上也還接得起來。到此為止，這三章基本上是以經濟思想史為主幹，以當時的事件為輔，可以稱之為思想史與經濟史的混合，我認為是本書中在體例上最連貫的三章。

可是從第四章起方向就變了。第四章談殖民地的問題，子題眾多，方向上是談西歐諸國的殖民史，我只能說全章片段無焦點，思想史的味道幾乎不見了，只剩下具體的史例，也無架構性的理論或論點。第五章談列寧與俄國的革命，大量著墨於列寧個人的才華與革命事實，以軼聞取勝，完全脫離經濟史與思想史的軌道。

更無焦點的是第六章所談的貨幣問題，這幾乎是一本西方貨幣銀行史的簡縮版。對文史社會學界的讀者或許會覺得此章淵博有趣，但對經濟學界的讀者而言，實在看不到他的主要論點。這種表面性的描述，應該是不能吸引經濟分析學界重視的主因。

第七章的主題很清楚：介紹凱恩斯的生平和經濟理論，以及這套理論對戰後美國經濟政策的影響。在傳記中他很強調年輕時代留學劍橋的日子，以及他對凱恩斯有英雄式的敬佩。

二次大戰期間他主管美國的物價控制，而凱恩斯竟然駕臨他的辦公室談物價管制問題，這對他而言「好像聖彼得突然造訪某個教會的牧師」一樣（見第七章談「戰爭的教訓」一節）。這一章寫得最具個性，因為他走過那個時代，接觸過決策者，也和當時最具威力的經濟思想家凱恩斯交往過。這一章也是他生命中相當輝煌的一章，在他的自傳裡可以看到更多的現身說法。

第八到十二章相當令人失望，原因是內容和前幾章的經濟史/思想史完全脫節。主題包括：「恐怖的軍備競賽」、「企業王國」、「土地與人民」、「大城市的困擾」、「民主政體、領導階層和承諾」。第一到第七章的主題，至少和BBC給的題材接近，為何在第八到十二章之間完全跳到另一個軌道上，實在費解。若說這是歐美近代經濟史的一部分，那也很勉強；更重要的是，寫得不吸引人。

我認為本書在結構上有斷裂性，在題材安排上，讓人眼花撩亂，在手法上缺乏緊密的論點，在說服力上缺少論證性。這是從經濟思想史教材的角度所做的批評，或許對一般讀者大眾而言，這反而是讓人無畏懼感的優點。

## 四、總結

他在一九八七年出版另一本經濟思想史的書：*Economics in Perspective: a Critical History*。我看到第二章談亞當史密斯時就看不下去了。我對這個題材花過時間，看到史密斯被這麼表面浮淺地綜述評論，總覺得不舒服。再看他所引用的文獻，大都是他年輕時期讀過的書，新的著作幾乎未引用到，專業期刊根本沒接觸。經濟思想史在一九八〇年代已經是一個成形的專業領域，而他竟然還敢用這樣的書名寫出這個層次的作品。經濟思想史的專業期刊*History of Political Economy*，在一九九〇年卷二二第一期一七七—八頁有一篇三段的短書評，一開始就說這是一本有野心而不成功的書，最後則說以作者在八十之齡尚能寫作，也值得敬佩。若非他輩分高，恐怕就不這麼客氣了。

現任MIT Sloan管理學院院長的Lester Thurow時常來臺灣演講募款。他在《New Palgrave經濟學辭典》（第二冊四五五頁）寫了一頁Galbraith的評傳，談到他在大一新生時，學校推介他們讀《富裕的社會》，那時這本書風靡全美。三十年之後，他對Galbraith的評語是：「他不是在經濟思想主流裡的經濟學家，而是評論經濟事件的主流派。」這很公平地點出了Galbraith在經濟學界的地位：很少有深刻的經濟分析作品刊在專業期刊上，反倒是對較具政治意味的經濟問題提出了一些觀察與名詞，透過他簡易的文筆，以及在學界與政府職位的魅力，吸引了不少非經濟學界的讀者。

儘管有上述的印象，我也很記得他說過的一句話，寫得非常貼切：「經濟學最大的功用，就是在創造以及維持經濟學家的就業。」

《自立早報》

一九九五年二月廿日

# 《鹽鐵論》的結構分析與臆造問題

## 一、前言

### 1.問題的本質

西漢昭帝始元六年（西元前八一年），帝詔丞相田千秋與其下屬（丞相史），以及御史大夫桑弘羊與其下屬（大夫），代表朝廷來和代表民間的儒生（文學、賢良）六十餘人，辯論鹽鐵酒專賣和均輸平準等措施的存廢。

作者桓寬在西漢宣帝時舉為郎（皇帝的侍從官，西元前七一－四九年），後任廬江太守丞（生歿年待考）。據史書載，桓寬根據辯論的會議記錄，推衍增廣整理成《鹽鐵論》（成書年待考），內分十卷六十篇。此書雖以西漢中期以前的經濟政策為主題（尤以鹽鐵應為公營專賣或開放民營為核心），但亦涵蓋國防（匈奴）以及貧富、奢儉、重農抑商等多項政治和社會性的問題，所以這是一本了解西漢社會經濟問題的重要文獻。

依現代的經濟概念來看，由於武帝大展疆界，與匈奴多次大戰勞民傷財，他想藉平準均輸同時達到兩項目標：第一是控制全國的經濟資源，以便帝國統治，並提供軍事物資糧餉；第二是藉鹽鐵專賣來增加稅收，以應付行政與救災的開支。這樣的做法，必然加強了官僚體系的權威，圖利了和他們勾結的大工商富豪；而百姓的生活負擔更重（鹽鐵價高），貧富差距擴大，使社會階級更明顯，對立更尖銳。

用經濟發展的術語來說，由於向外擴張經濟的可能性小（無海外市場與殖民地），所以必須採取內生式的成長策略，從提高內部的經濟效率著手。武帝（桑弘羊）的具體做法，就是以政府的力量，透過均輸法來互通各地之剩餘與不足，發揮各地區特產上的比較利益，提高國內市場的規模與效率。同時也用平準法，以政府的力量逢低買入逢高售出，一方面可以獲利，二方面可以維持各地區的基本經濟需求。

在國防經費透支、武帝的政策是外擴型的兩項限制下，我也想不出比平準均輸、鹽鐵專賣更好的財政手段。甚至到了北宋王安石的市易法也是這樣設計的，可見在這樣的帝國經濟規模與特質（邊患）下，這種構想是貫穿時代性的，必然會一而再地被提起和執行。這是由於中國歷代帝國的規模與體制相似、邊防開支負擔甚重、國家財政困難，所以在無法往外擴張經濟勢力，無法突破既有經濟格局的限制下，只好在內部更深苛地榨取民間資源，以政治之力與民爭利。這項特質在中國經濟史上是貫穿性的現象，從秦漢到明清都出現過不同面貌、不同程度的鹽鐵平準均輸之爭，起因類近，敗因也雷同。

**2. 前人研究**

《鹽鐵論》成書二千年來，注釋本不知凡幾，詳見林平和《鹽鐵論析論與校補》（臺北文史哲出版社一九八三年版）第三章中所列比較歷代各種校本的優失。目前最完整的集注本，是王利器《鹽鐵論校注（定本）》（北京中華書局《新編諸子集成》第一輯，一九九二），分上下兩冊，彙集諸家注釋本之異同，上百注的篇數甚多，在閱讀與對比上提供了很大的便利。

兩千年來的校注者，大都把精力投入訓詁辯辭上，較少分析此書內的各項經濟與社會問題；較常見的方式，是把這方面的見解融入簡短的注文中。目前只見到一本以社會經濟問題為取向的專書，分析《鹽鐵論》內所提到的諸項問題：影山剛《中國古代の商工業と專賣制》（東京大學出版會，一九八四，其實也是論文集，其中以第五至十章與鹽鐵專賣主題相關）。

這一類不以訓詁為取向的單篇論文並不多，在中文方面，可在江蘇古籍出版社一九九二年出版的《中國古籍整理研究論文索引：清末至一九八三》內的第二七一—二頁內找到十篇左右；另外在林平和《鹽鐵論析論與校補》內第八〇—五頁內也收集了中日文的單篇研究文獻書目三十六篇。若除去重複、簡介性的文章，從民初至今約八十年之間，真正屬於研究《鹽鐵論》社會經濟問題的論文，竟然不出四十篇。其中較有分量的，是徐復觀一九七五年撰寫的《「鹽鐵論」中的政治社會文化問題》，他的優點是：包含的層面最廣，每個子題都有相當的析論，所以篇幅甚長（收在《兩漢思想史論》卷三，第一一七—二一六頁）。在此之後即少見到這個取向的論文，也尚未聞有超越此文的作品。

### 3. 分析角度

本文不擬觸及訓詁考證面（非所長），也不觸及社會經濟政治國防問題（子題過多，相互牽扯，不易更深入），而是取兩個前人尚未探索的角度，來分析《鹽鐵論》的結構與臆造問題。第一個角度是分析《鹽鐵論》內各篇的結構，我把本書的五十九篇依性質分成六類，統計各類篇數的分佈情形。在製表分析之後，得到一項觀察：談論經濟問題的篇數，在比例上最低（$\frac{7}{59}$），而意識型態（儒法之爭）的則將近三分之一（$\frac{19}{59}$）。所以，鹽鐵之議是名目上的，隱含在背後的是對政治權力與經濟政策路線的爭執。第二個角度是討論本書的第四十二—五十九篇是否為桓寬所臆造。姚鼐曾有過疑問，但證據不足。在第三節裡，根據表一的結構分析，我提出四個論點來推論，結論是傾向於支持姚鼐的觀點：後半部很有可能是桓寬所杜撰。

本文的探討角度，不屬於任何學門的專業性分析，也不是從某個特定的學派（儒或法）

來判斷，而是純就原書的結構來分析，透過表格的製作把結果一目瞭然地呈現出來。整體說來，本文在分析手法上與前人的研究相異，是屬於解剖性的論證。

## 二、結構分析

表一的分類判準是依各篇的主調來判斷。主要的困難在於有許多篇同時包含了好幾個子題，例如〈本議〉就含有社會性與經濟性的主題，但其主調是在爭議鹽鐵是否應該公營專賣的經濟政策問題，所以在此就歸在經濟問題那一欄內。當然，有些篇難以明確歸類，例如〈通有〉，依主題看這是個討論商業的題材，而究其實質，還是在路線上爭論應否重農抑商，這是一個在先秦時期就已爭論多次的老問題，因此把它歸在意識型態思想性那一類裡。

此外，全書五十九篇中可散見相互譏諷的部分，表一內只舉了八篇，是因為這個現象在這幾篇內特別明顯。還有少數幾篇的主題不夠清晰，例如〈論菑〉雖以論天人之間的自然關係起頭，雙方相互譏諷，文學勸當政者勿違天道逆勢而行，但要點在第六段：勿用嚴刑。所以本篇雖以論菑為題，實以寬民為旨，且與下篇〈刑德〉銜接起來。因此，〈論菑〉就歸在意識思想類內。同樣地，〈刑德〉雖是談法律與政治方面的題材，但在思路上與用語上是儒法雙方的路線爭執，所以也歸在意識思想類。

這樣的分類難免有主觀認定的成分，而不是絕對的標準。雖有此缺點，但這麼做的好處，是可以更明白地看出本書五十九篇的結構與特質。從表一可以看到，本書所涵蓋的主題大約可分為六類，若各類的篇數可以代表其重要性的話，本書的經濟意義就比我們想像的低很多（12%左右）；匈奴問題所佔比例，依西漢匈奴問題的嚴重性來看，也未免太少：在前四十一篇中只佔三篇，遠少於相互譏諷的篇幅（八篇）。全書五十九篇中社會性（五篇）和政治性（六篇）的議題，兩者相加起來（共十一篇）還比不上意識思想性的篇數（十九篇）。

這樣的結果有點出乎意料：本書以鹽鐵專賣為主議題，但在破題之後，雖然沿著主題進行了一陣子（卷一內的六篇，從篇名上看來都是經濟性的），但在各篇的內容上卻已經開始偏離主調，在經濟與社會性的題材上大量的運用意識/思想性的語言，各自引經據典與前朝史例，相互攻詰對方在路線上的錯誤，以及基本概念上的錯失。

這個表格雖是我個人主觀的分類，但也是在逐篇分類之後，才確定有此結構性的特質：以鹽鐵為名，行儒法之爭。桑弘羊在武帝時權極一時，配合武帝的擴張性政策居功甚偉；昭帝即位不久（六年），即召開鹽鐵會議（霍光主政），敏感的桑弘羊應心知昭帝（與霍光）之意，況且帝詔賢良文學與丞相御史對詰，帝意甚明。會議後一年（昭帝元鳳元年，西元前八十年），桑弘羊以謀反罪被殺應非意外。在〈非鞅〉篇內，桑弘羊尊崇商鞅之策，文學則以商鞅

## 表一 主題分類（以篇為單位）

| 1 | 2 | 3 | 4 | 5 | 6 |
|---|---|---|---|---|---|
| 經濟問題 | 社會問題 | 政治問題 | 意識思想 | 匈奴問題 | 相互譏諷 |
| 01本議 | 13園池 | 07非鞅 | 03通有 | 12憂邊 | 10刺復 |
| 02力耕 | 29散不足 | 09刺權 | 05禁耕 | 16地廣 | 18毀學 |
| 04錯幣 | 30救匱 | 28國疾 | 06復古 | 38備胡 | 20相刺 |
| 14輕重 | 34後刑 | 33疾貪 | 08晁錯 | 共3篇(7%) | 21殊路 |
| 15未通 | 共4篇(10%) | 37崇禮 | 11論儒 | | 24論誹 |
| 35授時 | | 39執務 | 17貧富 | | 26刺議 |
| 36水旱 | | 41取下 | 19褒賢 | | 27利議 |
| 共7篇(17%) | | 共7篇(17%) | 22頌賢 | | 40能言 |
| | | | 23遵道 | | 共8篇(20%) |
| | | | 25孝養 | | |
| | | | 31箴石 | | |
| | | | 32除狹 | | |
| | | | 共12篇(29%) | | |
| 以上是1–41篇的結構 | | | | | |
| 以下是42–59篇的結構 | | | | | |
| | | | 53論鄒 | 42擊之 | |
| | | | 54論菑 | 43結合 | |
| | | | 55刑德 | 44誅秦 | |
| | | | 56申韓 | 45伐功 | |
| | | | 57周秦 | 46西域 | |
| | | | 58詔聖 | 47世務 | |
| | | | 59大論 | 48和親 | |
| | | | 共7篇(38%) | 49徭役 | |
| | | | | 50險固 | |
| | | | | 51論勇 | |
| | | | | 52論功 | |
| | | | | 共11篇(62%) | |
| 總共7篇<br>(12%) | 總共4篇<br>(7%) | 總共7篇<br>(11%) | 總共19篇<br>(32%) | 總共14篇<br>(24%) | 總共8篇<br>(14%) |

終難免「車裂族夷，為天下笑」為警告；在兩百五十年之後，桑弘羊步上了商鞅的後塵。

## 三、臆造問題

全書六十篇內，除了〈雜論〉是作者桓寬的「跋」（記載編著此書的經過、參與者以及桓寬對鹽鐵會議的人事評論），其餘五十九篇大約可分成兩個階段。第一—四十一篇可稱為本論，因為主題是在爭論是否要「罷鹽、鐵、酒榷、均輸」（〈本議〉）；到了〈取下〉所得到的結論是：「請罷郡國榷估，關內鐵官。」皇帝（一說是丞相）批准了這項結論，所以主題到此告一段落。

依姚鼐的見解：「……四十二篇以下，乃異日御史大夫復與文學論伐匈奴及刑法事，此殆尤是桓之設言。」❶這句話說明兩件事：(1)四十二—五十九篇的主題移轉為匈奴與法律問題，與鹽鐵本議無涉，所以是「餘論」而非主論；(2)這十八篇是桓寬臆造的。主題轉移是有目共睹的事實，在表一的下半部也可以清楚地看到：本書下半部的十八篇中，國防問題佔了十一篇，刑法問題（透過儒法理念來爭辯，因此歸在意識思想類內）與意識思想問題（如〈申韓〉、〈詔聖〉）佔了七篇，經濟問題、社會問題、政治問題、人身攻擊等則全未涉及。所以

❶ 王利器：《鹽鐵論校注》（定本），北京：中華書局，一九九二，四七一頁。

表一證實了姚鼐的第一項論點：本書下半部是餘論而非主論。

而四十二—五十九篇是否為桓寬臆造則較易引起爭辯。姚鼐的論點刊在他的〈惜抱軒文後集〉卷二〈跋鹽鐵論〉❷。姚鼐評《鹽鐵論》冗長不實：「其明切當於世，不過千餘言，其餘冗蔓可削也。…（桓）寬之書，文義膚闊無西漢文章之美，而述事又頗不實，殆苟於成書者與！」冗長的部分，讀此書的人大都有同感；而不實的部分，姚鼐的證據是：〈擊之〉的開頭說「賢良、文學既拜，咸取列大夫，辭丞相、御史。」姚鼐認為西漢的賢良與文學很不容易取列為大夫，證據是：「按漢士始登朝，大抵為郎而已，如嚴助、朱買臣對策進說，為中大夫，乃武帝不次用人之士，豈得多哉？昭帝時，惟韓延壽父死難，乃自文學為諫大夫，魏相以賢良對策高第，僅得縣令，其即與此對者，固未可決之。要之，無議鹽、鐵六十人取大夫之理，此必寬臆造也。」他的論點是：文學朱買臣能當大夫是武帝破格取用，賢良韓延壽對策高第，也只能當縣令，參加鹽鐵會議的六十多位文學與賢良，怎可能「咸取列大夫」？

姚鼐據此認定四十二—五十九篇為桓寬臆造。但照理西漢的桓寬應比清朝的姚鼐更明白漢代的官位倫理，怎麼會犯這種幼稚性的錯誤？「咸取列大夫」的確實意思又是什麼？並不夠明確。我認為很難單憑此點來論斷四十二—五十九篇為桓寬所臆造，以下提出我對臆造問

❷《鹽鐵論校注》八〇二—三頁。

題的看法。

第一是雙方代表人物方面的問題。如果是官方正式的會議，怎會在四十二篇開頭說「辭丞相、御史」，而只剩文學、賢良、大夫三方？四十二—五十九篇中的主要對話者是大夫與文學雙方，但到了〈刑德〉倒數第二段時御史竟然出現了，之後的〈申韓〉、〈周秦〉、〈詔聖〉也都是以御史主問，由文學應答，到了〈詔聖〉的最後以及〈大論〉時才又由大夫主導。這和〈擊之〉所說的「辭丞相、御史」不合：既已辭御史，為何御史又出現？此外，賢良在四十二—五十九篇中全未出現。總之，御史實未辭，而賢良雖未辭，但亦未讚一詞。若說這是官方的會議，在形式上也奇怪；說是桓寬臆造，也不無可能。

第二是主題方面的問題。鹽鐵會議的主題在〈取下〉時已有結論：「罷郡國榷估、關內鐵官。」主題至此已畢，為何要另日再有四十二—五十九篇之議？況且四十二—五十九篇的主題（見表一）在一—四十一篇中也都已論過，何必重複？若要再論，何必「辭丞相、御史」？再說，四十二—五十九篇並未得出具體政策性的結論，也毫無經濟方面的主題（見表一）與本書的名稱「鹽鐵論」不符。

第三是匈奴問題。或曰：本書雖以鹽鐵之議為題，然鹽鐵官賣的根源問題，是由於匈奴邊患導致國防支出過高，所以與匈奴相關的國防問題才是前提性的主題。一—四十一篇中若以經濟、社會、政治問題為主，四十二—五十九篇轉以匈奴問題為主，兩者是相貫通的。反論：若國防問題為首要，何以在全體出席爭辯的一—四十一篇中只佔三篇，反而在「辭丞相、御史」之後，在四十二—五十九篇中大論特論（十一篇）？匈奴問題在武帝晚年時威脅大減，昭帝霍光主政時匈奴問題的重要性大減，所以在一—四十一篇的「主論」內，只有三篇談匈奴問題，這麼低的比例（3/41）和當時的實情較吻合；四十二—五十九篇中的高比例（11/18）反而違反當時的問題優先順序。再說，一—四十一篇中談論匈奴問題的篇名都是防衛性的：〈憂邊〉、〈地廣〉、〈備胡〉，這和昭帝時對匈奴採取防守和平的路線相符；而四十二—五十九篇的篇名則較積極主動，例如〈擊之〉、〈伐功〉，這和一—四十一篇的立論在氣息上大異。若四十二—五十九篇為桓寬所擬，則有可能是桓寬時（宣帝）的匈奴問題再度吃緊所致（《漢書・宣帝紀第八》本始二年〔西元前七十二年〕夏之後，「匈奴數侵邊，又西伐烏孫。……凡五將軍，兵十五萬騎，校尉常惠持節護烏孫兵，咸擊匈奴。」）。所以，恐怕是桓寬寫書時對匈奴問題另有切膚之慼，才在四十二—五十九篇中大幅地託事立言。

第四是內容的順序問題。表一依六大主題分類，每類內的篇序參差不齊，以經濟類為例，〈本議〉、〈力耕〉、〈錯幣〉是鹽鐵會議的經濟性主題，排在前面是合理的，之後就跳到〈輕重〉、〈未通〉，之後到〈授時〉、〈水旱〉才再出現，中間差隔甚遠；這種順序跳躍的情形在其他五類中都可見到。而在四十二—五十九篇中，篇序則相當井然整齊：四十二—五十二篇連續地都是與匈奴相關的題材；在意識思想類內也同樣：五十三—五十九篇連續。若此表的分類大致可信，我們可以猜測：由於當時會議激辯，偏離主題的情況時常出現，所以在一—四十一篇內的順序自然會參差不齊。四十二—五十九篇的秩序未免過於井然，較像是個人作品的推理。此外，在一—四十一篇中激烈人身攻擊的部分，在四十二—五十九篇中竟然不見了，這通常是單一作者抑壓激情轉化為理智語言的結果，而非政治對立雙方的常態。

從以上的四點，我推論一—四十一與四十二—五十九篇在結構上是不連續的，下半部很可能就是桓寬自己的「續論」。以下第五點是旁證的性質，非我所專長，而是根據他人的說法來推論。

第五，從文體與內文的角度來論證《鹽鐵論》的作者問題。山田勝美在這方面投入最多心力，也甚有見解。❸他從《鹽鐵論》內找出六十多處引用《公羊春秋傳》之處，這和《漢書・列傳》卷六六列傳三六說桓寬「治《公羊春秋》」是相符的，這是「在《鹽鐵論》後半部分到處可見的現象」；此外，常見到的不僅是《公羊傳》，《穀梁傳》的蹤影也可見到。總之，春秋學的影子在後半部相當明顯，而在一—四十一篇中則少見，隱指在後半部中桓寬推

❸ 山田勝美：《鹽鐵論》，東京：明德出版社，一九六七，第一一—三〇頁和第五九—六二頁。

衍增廣之處不少。山田的其他論點包括：從《鹽鐵論》所引的管子用語，斷定作者不只桓寬一人。但整體而言，他並未斷定此書後半部是否為桓寬所臆造。

徐復觀說辯論「兩方皆多次引用《史記》」❹。他的論點是：「若史公死於武帝後元甲午，距始元六年〔鹽鐵會議〕僅六年」，《史記》在司馬遷死後六年即被朝野「多次引用」，這和《漢書・司馬遷傳贊》所說的不符合（「遷既死後，其書稍出。宣帝時，遷外孫楊惲祖述其書，遂宣佈焉」）。徐復觀的意思是：若《漢書》所言為真，此書應在宣帝時才流傳，而鹽鐵會議是昭帝六年的事，怎麼可能多次引用尚未流傳的《史記》？所以徐復觀懷疑《漢書》所記「未能完全符合《史記》流傳的真相。」這項推論有兩個疑點：⑴徐復觀未提出證據，說明雙方在哪些篇中引用了哪些《史記》的語句；⑵徐復觀的論文主旨是在分析《鹽鐵論》中的政治社會文化問題，他沒有從文體與經文的角度去探討他自己所提出的疑點。

山田的說法是：桓寬引用群經諸子的文字已是眾目共睹之事，但「清儒精查後發現，引用《史記》之處意外多得驚人。」❺可是山田並未列舉證據來支持此點，只是指引性地說，可以從這個角度來區別出桓寬推衍增廣的部分。影山剛對比《史記》與《鹽鐵論》內文相似

---

❹ 徐復觀：〈「鹽鐵論」中的政治社會文化問題〉，第二〇九頁。

❺ 山田勝美：《鹽鐵論》，東京：明德出版社，一九六七，第五九頁。

的部分。其中與〈平準書〉類近的條文有八，集中在〈刺權〉、〈復古〉、〈本議〉、〈錯幣〉、〈刺復〉內；與〈貨殖列傳〉相近的有三條，分佈在〈本議〉、〈毀學〉、〈禁耕〉內。若這些證據具有代表性的話，則引用《史記》的部分是在一—四十一篇的「主論」裡，而不是在被疑為桓寬所臆造的四十二—五十九篇內。引用這些《史記》文句的人，幾乎全都是桑大夫，其他人則未見引用，影山剛認為《史記》當時已成書，依司馬遷自序的說法，是「藏之名山，副在京師」，所以桑弘羊以職務之便得以先閱；其他人則未能引用《史記》，在四十二—五十九篇中也未見《史記》的文句。❻

我的看法如下。《史記》在昭帝始元六年時仍少流傳，文學與賢良都未引用到；甚至到了宣帝時，桓寬也未用《史記》來推衍增廣，所以無法從《鹽鐵論》內引用《史記》的文句，來判斷四十二—五十九篇是否為桓寬所臆造。此外，徐復觀的懷疑不成立：《史記》到了宣帝桓寬之時仍未流傳，《漢書》的記載是對的。

## 四、結論

綜述以上諸點，我認為姚鼐的懷疑有道理，但證據不夠堅實。透過表一的分析，我提出

❻ 影山剛：《中國古代の商工業と專賣制》，東京大學出版會，一九八四，第三九五—四〇八頁。

四點來推論四十二—五十九篇為桓寬所撰。最後的第五點是旁證性的：從內文與文體的角度來看，不支持徐復觀的懷疑。另外，如前所述，山田勝美認為春秋學的影子在一—四十一篇中少見，但在後半部內則相當明顯，隱指桓寬把精研的春秋學推衍增廣在這部分；我對這項論點無專業知識可供判斷，只能視之為桓寬臆造四十二—五十九篇的佐證。

再就四十二—五十九篇的內容來看，與一—四十一篇相較之下，這下半部書所提出的新論點甚少，基本上是在重複一—四十一篇的論點，飾以不同的文句而已；辭多而義寡，屬於續貂之作。姚鼐說「(桓)寬之書，文義膚闊」，大部分的讀者想必同意。又云：「其明切當於世，不過千於言，其餘冗蔓可削也」；此言或許稍過，但刪去四十二—五十九篇必無礙主題，刪去一—四十一篇內的一半文句（尤其是文學的發言部分），反而較能顯出「西漢文章之美」。

在此引發出另一個問題：若四十二—五十九篇確為桓寬臆造，那如何去推論一—四十一篇內有多少百分比是桓寬「推衍增廣」進去的？真正根據鹽鐵會議記錄的部分又佔多少比例？此點實難論斷，但以一—四十一篇中文學冗蔓的發言，在文體上與四十二—五十九篇類近，恐怕桓寬在前半部中也藉機暢書己見，理由如下。若參加鹽鐵會議者退而記錄議文，通常以記錄論點為主，通觀諸篇中代表朝廷的大夫與丞相，發言大都針對主題，要言不煩，堅定有力，甚引讀者注目。相對地，文學與賢良的言論則顯得冗長反覆，在有限的論點內循環。一—四十一篇內這種冗長反覆的文體，與四十二—五十九篇內的筆法類似，若四十二—五十九篇是桓寬所造，則一—四十一篇內文學與賢良的冗長言論，很可能就是桓寬推衍增廣著力之處。

先秦至兩漢的文人，若非有強勢的原創性，大都透過注釋經典來表達自己的思想，這項傳統直到明清仍常可見。桓寬在〈雜論〉中說，是他的同鄉汝南朱子伯告訴他有鹽鐵會議之事，「當時相詰難，頗有其議文。」桓寬抓住了這個機會，把它編纂成一項會議記錄，藉機在不同學派（儒法）、不同政治勢力（朝野）、不同社會階層（豪商平民）之間遊走評判，這是表達自己思想千載難逢的好機會。他的做法是運用自己熟悉的古代經典，把諸項議文巧妙地連綴起來，這種手法在兩漢文章中也可見到：王充的《論衡・超奇篇》在手法上就類似❼。在立場上，桓寬的儒學背景和文學的發言密切配合，而桓寬冗蔓的筆調，反而害了儒生，因為丞相、大夫這邊立論精簡有力，而文學這邊則顯得迂闊反覆。

❼ 山田勝美：《鹽鐵論》，第一九頁。

## 附錄：以段為單位的分類法

或曰：表一以篇為單位來做主題分類未免粗略，因為各篇內通常包涵幾項不同性質的主題；若能以段為單位來分類，一方面可以避免同篇內有幾項主題的困擾，另一面也可以看看是否能支持正文內的推論，或是因而會得到不同的結果。

表二以段落為單位的分類，旨在提供一組對照性的結構。表二多了一項分類：「狀況描述」，這類的段落並無主題，而是以開頭語、結束語等描述為主，詳見表二下的例句。這一類共有二十三段（佔7%），在一—四十一與四十二—五十九篇內的百分比都一樣（6%）。這種以段為分類單位的做法，在程度上必然較精密，但也引起分類上的一些困擾；例如〈通有〉內有六段內容全是重農抑商之爭；各段的主題雖是經濟性的，但主調卻是意識思想性的（本末經濟路線之爭），所以就歸在意識思想類內。這和表一〈通有〉歸在同一類內的原因相同。

有一項與表一大異之處，是四十二—五十九篇在表一內都歸在匈奴問題類內，因為各篇的主調都是以匈奴問題為主。而在表二內的結果卻大不相同，原因是這十一篇的主調雖是國防問題，但有許多段落牽扯到國內的政治問題，所以就把這類的段落歸在「政治問題」這一類內，共計二十二段（見此欄內的四二：三到五二：六），這佔了此欄內三十段的二十二段

（三分之二）。換句話說，若以篇為單位來分類，這三分之二應該歸在匈奴問題類內。換個角度來說，四十二—五十九篇內與政治問題相干的段落，大多是附在匈奴問題上討論的，真正以國內政治問題為主題的段落，反而只佔三分之一。

有幾件事在表一與表二內是相同的：(1)經濟問題與社會問題這兩類在四十二—五十九篇內都沒出現；(2)在匈奴問題類內，兩個表都呈現同樣的結構：一—四十一篇內談此問題的篇數和段數，都遠少於四十二—五十九篇，確定匈奴問題在正式會議上（一—四十一篇）以及「會後會」（四十二—五十九篇）的比重是顛倒的。

有兩項不同：表一內的政治問題類在四十二—五十九篇內未出現，而在表二的四十二—五十九篇內則出現三十段（佔33％）。就算與匈奴相干的政治問題不算，也還有八段是政治屬性的（集中在〈刑德〉，共六段）。這牽涉到分類的判準：雖是討論刑罰問題，但主要是用仁義/刑名、儒家/法家的德治/刑法觀在相互辯駁。若把這類段落歸在意識思想類（與表一同），再把與匈奴相關的政治問題歸到匈奴問題的話，表二內四十二—五十九篇的政治問題就只剩下兩段了。所以，這種以段落為分類單位的做法，更會因為認定上的差異而造成結構上的大不同。

整體而言，以篇和以段為單位的分類法，在經濟問題、社會問題、意識思想、相互譏諷

## 表二　主題分類（以段為單位）

| 1 | 2 | 3 | 4 | 5 | 6 | 7 |
|---|---|---|---|---|---|---|
| 經濟問題 | 社會問題 | 政治問題 | 意識思想 | 匈奴問題 | 相互譏諷 | 狀況描述 |
| 1:2;1:7;1:9;<br>1:10;1:11;<br>1:12;2:1;2:3;<br>4:1;4:3;4:4;<br>4:5;4:6;5:1;<br>5:2;5:3;5:4;<br>13:1;14:1;<br>14:2;14:3;<br>14:5;15:3;<br>15:4;15:5;<br>29:6;35:4;<br>35:5;35:6;<br>36:1;36:2;<br>36:3;36:4;<br>36:5;36:6;<br>41:4<br>共36段(14%) | 13:2;15:7;<br>15:8;17:1;<br>29:7;29:8;<br>29:9;29:10;<br>29:11;29:12;<br>29:13;29:14;<br>29:15;29:16;<br>29:17;29:18;<br>29:19;29:20;<br>29:21;29:22;<br>29:23;29:24;<br>29:25;29:26;<br>29:27;29:28;<br>29:29;29:30;<br>29:31;29:36;<br>30:1;34:1;<br>34:2;35:3<br>共34段(13 | 7:1;7:2;7:3;<br>7:4;7:5;7:6;<br>7:7;7:8;7:9;<br>7:10;8:1;9:1;<br>9:2;9:3;9:4;<br>10:5;11:1;<br>12:1;12:2;<br>14:4;14:6;<br>15:1;15:2;<br>15:6;16:1;<br>16:2;16:4;<br>20:2;20:4;<br>28:1;28:5;<br>28:6;29:5;<br>29:32;29:33;<br>29:34;29:35;<br>29:38;33:1;<br>33:2;35:1;<br>35:2;37:1;<br>37:4;39:1;<br>41:1<br>共46段(18%) | 1:4;1:6;1:8;2:2;<br>2:4;2:5;2:6;3:1;<br>3:2;3:3;3:4;3:5;<br>3:6;4:2;6:1;6:2;<br>6:3;6:4;8:2;10:4;<br>11:2;11:4;11:5;<br>11:6;12:3;12:4;<br>12:5;12:6;16:6;<br>17:2;17:5;17:6;<br>19:1;19:2;19:4;<br>20:5;20:6;20:7;<br>20:8;21:2;21:4;<br>21:6;22:1;22:2;<br>22:4;23:4;23:5;<br>23:7;25:1;25:2;<br>25:3;25:4;25:5;<br>25:6;25:7;26:1;<br>29:2;29:37;31:2;<br>32:1;32:2;33:3;<br>37:2;39:2;41:2<br>共65段(26%) | 1:3;1:5;16:3;<br>38:1;38:2;<br>38:3;38:4;<br>38:5;38:6;<br>38:7;38:8<br>共11段(4%) | 10:1;10:2;11:3;<br>16:5;17:3;17:4;<br>18:1;18:2;18:3;<br>18:4;18:5;18:6;<br>19:3;19:5;19:6;<br>20:1;20:3;20:9;<br>20:10;20:12;21:1;<br>21:3;21:5;22:3;<br>23:3;23:6;24:1;<br>24:2;24:3;24:4;<br>24:5;24:6;24:7;<br>26:2;27:1;27:2;<br>27:3;27:4;27:5;<br>28:3;28:4;29:1;<br>30:2;30:3;31:1;<br>33:4;37:3;40:1;<br>40:2<br>共49段(19%) | 1:1;10:3;<br>11:7;13:3;<br>15:9;20:11;<br>23:1;23:2;<br>26:3;28:2;<br>29:3;29:4;<br>29:39;30:4;<br>38:9;41:3;<br>41:5<br>共17段(6%) |
| 以上是1–41篇的結構　共258段(73%) | | | | | | |
| 以下是42–59篇的結構　共92段(27%) | | | | | | |
| | | 42:3;42:4;<br>42:5;43:4;<br>43:6;44:1;<br>44:2;47:2;<br>48:4;49:1;<br>49:2;49:3;<br>49:4;50:1;<br>50:2;50:3;<br>50:4;50:5;<br>50:6;51:1;<br>52:4;52:6;<br>55:1;55:2;<br>55:3;55:4;<br>55:6;55:7;<br>56:1;57:1<br>共30段(33%) | 47:4;47:6;51:2;<br>51:4;54:2;54:3;<br>54:4;56:2;56:3;<br>56:4;56:5;56:6;<br>57:2;57:3;57:4;<br>58:1;58:2;58:3;<br>58:4;58:7;59:3;<br>59:4;59:6<br>共23段(25%) | 42:2;43:1;<br>43:2;43:3;<br>43:5;44:3;<br>44:4;45:1;<br>45:2;46:1;<br>46:2;46:3;<br>46:4;47:1;<br>47:3;47:5;<br>48:1;48:2;<br>48:3;51:3;<br>52:1;52:2;<br>52:3;52:5<br>共24段(26%) | 53:1;53:2;54:1;<br>54:5;54:6;58:6;<br>59:1;59:2;59:5<br>共9段(10%) | 42:1;55:5;<br>58:5;59:7;<br>59:8;59:9<br>共6段(6%) |
| 總共36段<br>(10%) | 總共34段<br>(10%) | 總共76段<br>(22%) | 總共88段<br>(25%) | 總共35段<br>(10%) | 總共58段<br>(16%) | 總共23段<br>(7%) |

1.表中的數字，如23:7表示第23篇〈遵道〉的第七段。

2.各篇的段落是根據王利器(1992)校注本的分段。

3.表中的「狀況描述」，是指例如30:4「大夫勃然作色，默而不應」；41:4「公卿愀然，寂若無人。於是遂罷議止詞。」這類無主題與論點的狀態描述、開頭語、結束語。

這四類基本上是類似的。匈奴問題在表二的四十二—五十九篇中，雖然在段數上較少，但如前所述，那是因為被政治類分掉了一大部分。表一與表二最大的差異在於政治問題這一類上，也就是說，以段為單位的分類法，較能突顯《鹽鐵論》內政治議題的重要性，這是在表一內未能觀察到的，也是表二最重要的新義。

以下驗證本文的主題：從表二的結構是否也能推論四十二—五十九篇是桓寬所臆造？我在正文的第三節內以四個問題來推論，現在用表二來重新驗證。

第一是雙方代表人物的問題。因為表二與此問題無關，不會產生反論，故維持原論。

第二是主題方面的問題。即以鹽鐵政策為主議題，而表一的四十二—五十九篇內竟毫無經濟性的題材，可見此書下半部的主題與前半部的主旨不合。我們從表二內也得同樣的觀察，所以維持原論。或曰：在〈取下〉的最後兩段已確定不罷鹽鐵專賣，而只罷郡國榷沽和關內鐵官，此事已決，自然無必要在四十二—五十九篇重提。反論：若四十二—五十九篇是眾人在會後再議，怎麼會對不罷鹽鐵這麼重要的事毫無評論？而且對社會問題一概不提？很有可能是：若四十二—五十九篇為桓寬所造，表一與表二的下半部正好顯現出桓寬的主要關懷：政治問題、意識思想、匈奴問題，經濟與社會問題不是他的主要關懷。

第三是匈奴問題。原論是說：在一—四十一篇內匈奴問題的比重不高，為何在四十二—

五十九篇內匈奴問題反而重要起來了？那很可能是因為會議當時（始元六年）的匈奴問題不嚴重，而桓寬著書時（約在會議後十年）匈奴問題再度嚴重，桓寬才大幅託事立言。這項推論的要點在於一—四十一與四十二—五十九篇內匈奴問題的篇幅比重呈現前輕後重，這個現象在表一與表二內都一樣，原論有效。

第四是內容的順序問題。原論是表一上半部各項問題的篇順呈不規則的跳躍，而在下半部內卻井然有序。或曰：下半部有可能是「會外會」，因為文學與賢良來自全國各地，正式會議結束後，有些人留下來繼續爭論，這些人把會外會的發言記錄下來，桓寬把這些資料蒐集之後再託辭說：「賢良文學既拜，咸取列大夫，辭丞相、御史」（四二：一），然後寫成四十二—五十九篇。這項說法的用意是要推論說：四十二—五十九篇並不一定是桓寬所臆造，而只是根據會外會的記錄推衍增廣的，所以四十二—五十九篇有可能是當時參加會議者私下的辯論記錄，雖然不是官方會議，但也不是桓寬所虛擬。

這項說法也有可能性，因為四二：二一開始大夫就說：「前議公事，……」或許隱指以下所說的不是「公事」。若這種會外會的說法成立，那麼參與者應比正式會議時更無拘束，發言也更自由更激烈。所以要反駁這項說法，可以從三個問題來看：第一，表二的下半部是否也呈現秩序井然的現象？第二，既屬於較自由性質的會外會，那麼表二下半部的「相互譏諷」

類，應該會比上半部的比例高。第三，若是會外會，為何把御史扯進來（見五五：六；五六：一；五六：三；五六：五；五七：一；五七：三；五八：一；五八：三等八段）？我對第一問題的回答是：表二下半部不易看出「秩序井然」的現象，因為以段落為單位來分類，在本質上就會有主題內容較參差零散的分佈現象。然而在這種較不井然有序的外觀下，仍有不少段落的連續性很高。在政治問題內有：(1)四二：三；四二：四；四二：五等三段；(2)五〇：一—五〇：六等六段；(3)五五：一—五五：七等六段。在意識思想類內有：(1)五六：二—五六：六等五段；(2)五七：二—五七：四等三段；(3)五八：一—五八：四等四段。在匈奴問題類內有：(1)四三：一—四三：五等四段；(2)四六：一—四六：四等四段；(3)四八：一—四八：三等三段；(4)五二：一—五二：五等四段。雖然有這些佐證，但整體而言表一內秩序井然的疑點在表二內已不夠明確，所以這一點可以置疑。

第二點是會外會既較自由，何以反而較少見到相互譏諷的情形？表一上半部有八篇的主要內容是在相互攻擊，而下半部則全無。而在表二的下半部裡，相互譏諷的部分有九段（佔10%），相對於上半部的四十九段（佔19%）。總體而言，雖然表二的下半部出現了表一所未見的相互譏諷，但在比例上仍比在正式會議中少，這是較不合情理的事。第三點是御史是否出席會外會的問題，這和四二：一的描述矛盾，前已述及不再重論。

綜上所述，以表二來檢驗這第四個問題內的兩個子題，所得到的結果是：(1)秩序井然的現象大幅減弱，但並未到推翻「秩序井然說」的程度，因為仍有不少主題連續性的段落。(2)從相互譏諷的角度來看，前論認為這有可能是「單一作者抑壓激情轉化為理智語言的結果，而非政治對立雙方的常態」，這個論點似乎仍然可以成立。

總結：在以上的四個問題內，從表二的結構並無法對前面的三個問題提出有效的反論。至於第四個問題，可分為兩個子題來看：(1)表二確實對其中的「秩序井然論」提出了不同的觀察，但表二仍可看出雙方在態度上違反爭論的常態，相互譏諷的情況反而比正式會議要少。所以，以段落為單位的分類方式，並未能推翻正文中以篇為單位所得到的結論：四十二—五十九篇有可能是桓寬所虛擬臆造的。

《中國文化》第十四期
一九九六年秋季號

# 《萬曆會計錄》初探

## 一、前言

《萬曆會計錄》的主要內容，是記載明代萬曆年間政府的各項收支。在收入方面，主要是田賦和鹽茶錢諸法以及關鈔商雜稅；支出方面，以文武官俸祿和各鎮軍餉額為主，兼及宗藩祿糧與皇室開支等等。中國自唐代起就有「國計」的記載，宋明兩代印行過多次會計錄，但至今仍完整留存的只有萬曆和光緒兩本會計錄，萬曆本詳盡（一五七八年，四十三卷，約二七四六頁），光緒本簡明（一八九六年，三卷，約一〇七頁）。本文對《萬曆會計錄》做初步的結構性分析，除了解說歷代編製會計錄的方法與特點外，主要是分析《萬曆會計錄》的結構與內容，說明它的史料特性，以及在研究明末經濟時，它與《明實錄》、《明會典》之間如何互補，最後說明它對明末經濟研究的助益與限制。

《萬曆會計錄》除了詳載各項收支的總數額外，各行政層級（布政司、府、州、縣）的數字也很詳盡，甚至明細到小數點的程度。從中國經濟史研究的觀點來看，這是理解一個大帝國如何掌握與分配全國性經濟資源的絕佳史料。而更需要研究與詮釋的部分，是把明末政治、軍事、經濟、社會諸層面的背景納入分析中，才能使這項豐富但屬於靜態的數據資料動態化，繪構出一幅具有生命力的圖像，一方面可以更具體地理解明末的經濟結構，二方面也可以探索政府各部門間的經濟關聯。這是一個相當龐雜的課題，這篇初探在性質上是屬於資料性的解析，而非論證性的研究。

## 二、中國的會計錄與西方的國民所得帳

經濟學界習以為國民所得帳是一九三〇年代才在西方奠定現代的格式，總體經濟分析也因而有數據上的基礎。其實，據Paul Studenski: *The Income of Nations, Part one: History* (New York University Press, 1961)的研究，英國在一七七〇年時已有Arthur Young的國民所得估算，內分農業、製造業、商業三個主要部門（四二—三頁）。這些估算的誤差當然不小，但已奠下基本的格式與研究方向。Studenski的這本研究，列舉分析在廿世紀之前、一次大戰之前、二次大戰之前已有國民所得帳的九十二個國家，這本西方國民所得帳史，至今仍是最完整的研究。

這種試圖重構過去國民所得內容的努力，法國年鑑歷史學派的Fernand Braudel（一九〇二—八五），在他的《地中海》內也嘗試過。例如，在該書第二篇第一章第三節內，就從農業、工業、貿易、運輸、貨幣、所得分配等角度，試圖重構大地中海域在十六世紀時期各部門的產值與交易值，據以提出一個大略的國民所得分析。在同書內的圖五七—五八中，他用曲線圖的方式來呈現⑴威尼斯這個城邦在一四二五—一六四一年間，⑵法國在一四九八—一六一〇年間，⑶西班牙在一五五〇—一六〇〇年間的「國家預算」。當然，他也說明這些都是從史料裡推估的概算，誤差必然不小。

誤差率較可接受的國民所得帳是一九三〇年代的成就。西洋經濟學界在這方面的成績，在一般的經濟學原理教科書內就可以找到，例如Baumol and Blinder（一九八五）《經濟學原理》的扉頁裡，就列印了一九二九—八四年間美國的國民生產毛額、個人消費支出額、國內投資額、政府支出、進出口、貨幣供給量、就業人數等等與國民所得相關的項目。簡要地說，現代的西式國民所得帳，主要是以一個國家的生產值、人口、進出口額、就業人數、失業率、貨幣發行額、物價、稅收額、政府支出、社會福利支出等為主要項目，由專業統計機構每年提供詳盡的數字（在臺灣是由行政院主計處負責），供政府與研究機構參考。

《萬曆會計錄》基本上是提供人口、戶數、耕地（土地）面積的數字，以及這些數據在各大行政區（布政司）和府州縣等行政單位的分佈狀況。另一項重要的數據，同時也是篇幅佔得最多的部分，是在規定各府州縣的稅賦額。由於中國各地自然資源不同，貧富差距甚大，可稅物品與稅率自然迴異，所以在會計錄上規定的稅額與存留比率，其實是「配額」的概念：各州府縣每年應收多少稅，其中有多少可存留地方供行政部門運用，有多少應起運繳交中央政府或各布政司，做全國性（或地區性）的行政、軍事、王室等支用。所以，在性質上中國的會計錄是一本中央政府的稅收與支出預算，和西方國民所得帳是以實際生產、消費等等的統計完全不同。以現代的眼光來看，除了土地、戶數、丁口這三項基本數據外，它的主要功能是當作政府收支的預算書，相當於現代國民所得帳內的政府收支項。

## 三、萬曆之前與之後的會計錄

表一是依目前有史書記載的歷代會計錄摘製而成，從此表可以得到幾項綜合性的觀察。(1)唐宋明清四朝有會計錄的編製，漢代有上計簿之說，但內容不明。(2)以數量和次數來說，宋代最注重也最發達。(3)現在仍保有原書的，只有萬曆和光緒兩本會計錄。雖說萬曆本的格式基本上是倣宋朝的做法，但因無實例對照，難以確切的說明此點。按理，明清兩朝的制度規章，在相似性上大於宋明兩代，但萬曆與光緒這兩本會計錄在篇幅、格局、細密度、編製

## 表一　萬曆之前與之後的會計錄

| | 作　　者 | 書名（西元） | 內　　容 | 參考書目 |
|---|---|---|---|---|
| 1 | 唐・李吉甫等 | 《元和國計簿》(807)，10卷。 | 中國第一部官修的財計著作，也是分析國家財政經濟的報告書，全書分三部分。第一部分說明賦稅的來源與狀況，第二部分記載各項收入的數額，第三部分說明國家的財經問題。 | 《舊唐書・應宗本記》，郭道揚(1982:335–7)；《古今圖書集成》食貨典，卷242（國用）；《冊府元龜》，卷486（《四庫全書》910:481–2; 961:268–9)。 |
| 2 | 唐・韋處厚 | 《大和國計》(？)，20卷。 | 基本內容、結構、方法與《元和國計簿》相同。 | 《舊唐書・韋處厚傳》，郭道揚(1982:337)。《古今圖書集成》食貨典，卷243（國用）未載此事。 |
| 3 | 宋・丁謂 | 《景德會計錄》(1007)，6卷。 | 在體例上與唐代不同，這是宋代新創的方法。<br>內容：戶賦、郡縣、課入、歲用、祿食、雜記。 | 《玉海・食貨・會計》，郭道揚(1982:419)。 |
| 4 | 宋・林特 | 《祥符會計錄》(1016)，30卷。 | 內載天下戶數、口數、兩稅錢帛糧解、綿絲錢草、茶鹽酒權利錢帛金銀。 | 《古今圖書集成》食貨典，卷243國用部；另見《玉海》卷185會計。 |
| 5 | 宋・王拱辰 | 《慶曆會計錄》(1045)，2卷。 | 對比景德與慶曆年間的鹽課、商稅、酒課、兵數。 | 同上。 |
| 6 | 宋・田況 | 《皇祐會計錄》(1050)，6卷。 | 依景德會計錄的形式，內容包括戶賦、課入、經費、儲運、祿賜、雜記等六項。 | 同上。 |
| 7 | 宋・韓絳（上），蔡襄（作） | 《治平會計錄》(1067)，6卷。 | 除歲入與歲出一項外，其餘內容不詳。 | 同上。 |
| 8 | 宋・章淳 | 《熙寧會計錄》(1074) | 熙寧七年置會計司，「其後一州一路會計式成，上之，餘未就緒，未幾遂罷」。八年韓絳奏罷會計司。內容不詳。 | 同上，卷244國用部；另見《四庫全書》937:872。 |
| 9 | 宋・李常（著），蘇轍（敘） | 《元知會計錄》(1086)，30卷。 | 內分五卷：收支、民賦、課入、運儲、經費。 | 《續文獻通考》，卷30；《四庫全書》937:873; 947:730;1120:710–712。 |

| | | | | |
|---|---|---|---|---|
| 10 | 宋・程昌弼 | 《宣和兩浙會計總錄》(1125) | 「兩浙運副程昌弼奏漕司以計度經費，……分別科目，使多寡出入盈虛登耗之數可指諸掌，……頒之郡縣」，內容不詳。 | 《古今圖書集成》食貨典，卷244國用部；《四庫全書》947:730–1；《玉海》卷185。 |
| 11 | 宋・張絢 | 《紹興會計錄》(1135) | 「倣景德、皇祐等書，撰進成錄，自紹興元年止四年為率，以每歲所入之數列之於前，卻以今歲計之除預備已支資外，總計見今歲」，其餘內容不詳。 | 食貨典，卷245；《玉海》卷185。 |
| 12 | 宋・王佐 | 《乾道會計錄》(1170) | 內容不詳。 | 同上。 |
| 13 | 宋・臣寮 | 《淳熙會計錄》(1179) | 同上。 | 同上。 |
| 14 | 宋・葉翥 | 《紹熙會計錄》(1191) | 同上。 | 同上。 |
| 15 | 宋・楊文炳、趙師炳 | 《慶元中外會計錄》〔1197)，58冊。 | 「以紹熙元年至慶元年左藏庫諸倉並總領所出納增損，及十二路州軍窠名錢，參究源流登耗」。 | 同上。 |
| 16 | 宋・？ | 《端平會計錄》(1234) | 內容不詳。 | 同上，卷246。 |
| 17 | 明・王國光、張學顏 | 《萬曆會計錄》(1582)，43卷，1373頁。 | 另見表二的詳細解說。 | 北京：書目文獻出版社影印(1988)。 |
| 18 | 清・李希聖 | 《光緒會計錄》(1896)，3卷，107頁。 | 卷一含全國各部各省收支總數，卷二為各直省雜賦收款項額，卷三為各部各直省支出額。編者為刑部主事。 | 哈佛大學燕京圖書館藏原書。 |
| 19 | 清・劉嶽雲 | 《光緒會計表》(1901)，4卷，149頁。 | 卷一含光緒11-15年的入支項總表，卷二含各直省入款數字，卷三、四含各直省支款項額。編者是「戶部主事會典館纂修加五級」。 | 同上。中央圖書館臺灣分館也有這兩套書（A/564.3/7221; A/564.3/4041）。 |

附註：1.宋・王應麟《玉海》，卷185〈會計〉（《四庫全書》947:717-734）詳載先秦至兩宋的歷朝會計錄之名稱與內容，簡明周詳，可與本表對照。

2.宋・章如愚《群書考索》後集卷63內有「會計錄」，對宋代的會計錄記載較詳，可與上述《玉海》內的記載相參照。

程序上都迥異。若要說宋明兩代的會計錄在形式與內容上類近，尚需有力的史料。

歷代會計錄的沿革、記錄法、內容、格式等等，都可以在郭道揚（一九八二、一九八八）編著的《中國會計史稿》（中國財政經濟出版社，上下冊）內找到詳細的解說，在此不擬重述：漢代的上計簿（上冊，二三五—七頁），唐代的國計簿（上冊，三三五—八頁），宋朝的會計錄（上冊，四一二—二六頁），明朝的會計錄（下冊，七四—九頁），清朝的會計錄（下冊，一九一—三頁），但他未提到表一內第十九項的《光緒會計表》。

表一中目前尚存的只有十七—十九項這三本會計錄（表）。以完整性而言，光緒的兩本都很完整，透過這兩本數據完整的史料，必將有助於進一步瞭解晚清的總體經濟結構、各行政級層間的經濟不均程度，以及政府收支不抵的惡化情況。

## 四、萬曆會計錄的編製

### 1. 編製

梁方仲（一九〇八—一九七〇）在一九三五年寫了一篇〈評介「萬曆會計錄」〉，刊在《中國近代經濟史研究叢刊》（卷三第二期二九二—九頁，現收入《梁方仲經濟史論集補編》，一九八四，二三三—八頁），簡要地解說了這本史料的內容、編纂經過與研究的價值。據他的理解，這本史料是一九三三年「國立北平圖書館以八百金自山東購入」。梁方仲是一九三三年冬自清華大學研究院以經濟學碩士畢業，一九三四年二月入中央研究院社會科學研究所經濟史組工作，這篇評介性的短文是那時寫成的，出版時年二十七歲。原文約八頁，其中以第二節解說會計錄編纂的經過較具價值，甚可顯示出他對明史的熟習。他所提供的背景解說，可以補充王國光與張學顏兩位戶部尚書在進呈會計錄時的編製說明。以下參酌梁方仲的解說，以及兩位尚書的奏摺和萬曆皇帝的批示，來綜述這本會計錄編製出版的背景與過程。

《萬曆會計錄》的藍本是王國光任戶部尚書時（一五七二年上任），與侍郎李幼滋等輯戶部中的「前後條例」，費時「逾年」編纂成書。萬曆四年（一五七六）二月二四日，王國光上「奏為奉旨修書編輯已成，乞准恭進刊行」。在這份奏摺內，王國光指陳明朝自嘉靖中年以後，「國用大詘，……元氣索然，……有三空之厄，……國家命脈在是因循不整。」他的主旨與做法是：「唐有平賦書、國計錄，宋有會計錄，……我朝會典一統志雖載有戶事，然採摭大槩而已，惜未有專書。輒不自量，會同侍郎李幼滋屬各司諸郎，遍閱案牘，編輯踰年，而都給事中光懋復議。」他的資料來源是「讎校先考本部冊籍，未的者移查邊腹，及求耆舊諸臣家藏，參互考訂舊額新增備述。端委類分款列，悉明數目，雖未盡得，亦庶幾七八云。」

他把此初稿進呈給皇上，請皇上「敕下戶部繕寫」，至於所需的費用，則「進呈仍動支太倉銀兩纂刻」。四天以後（二月二六日），皇帝的批示下來了：「聖旨：覽奏，具見留心國計。所編書冊著戶部再加訂證繕寫進覽，欽此。」至於是哪一部分應修訂，原因為何，則未見說明。王國光在呈上初稿時已說明「適今抱病」，所以大概因而離職。兩年後（一五七八年七月），張學顏接任戶部尚書，遵神宗諭旨續修會計錄。他會同倉場總督左侍郎劉思問、右侍郎王之垣、貴州清吏司署郎中主事周希軍、員外郎袁昌祚、主事鐘昌（等十三位先後編輯官員），校正王國光的初稿。

三年後（萬曆九年，一五八一），張學顏上奏：「修書編輯已成，乞准恭進刊行。……共計肆拾參冊，謹擬名《萬曆會計錄》，膳寫已完。……乞命本部遵照原議刊布，以便遵守。」兩天後（四月二二日），「聖旨：覽奏，知道了。會計書冊留覽，依擬刊行，仍送史館採錄。欽此。」再過一年（萬曆十年，一五八二），張學顏上奏說明上次奉准之後，為謹慎故，「恐有遺缺差訛，復將本部新題事例、各省直續報文冊，督率司屬郎中等官、曹樓等，再行檢閱，重加磨算，訂其未確，增其未備。除清丈田糧候各省直奏報通完之日，另為一書續刊布外，所據刻完《萬曆會計錄》共肆拾肆冊，分為肆套，裝釘貳部。」他也說明「另將壹部送史館採錄，再陸續印刷，頒行省直、邊鎮一體遵守。」兩天後（二月一七日），皇帝批下「聖旨：知道了。欽此。」

整體而言，這套會計錄是王國光在萬曆二、三年間初修的，在萬曆四年呈上，皇帝要求修訂。張學顏接任尚書後，又用了五年的時間修正，到了萬曆九年才再呈皇帝。批准之後，再經一年的檢閱與計算，才正式刊行，前後歷時七、八年。《明會典》內引用《萬曆會計錄》時都稱之為「萬曆六年」，那是因為會計錄內大部分的資料是在萬曆六年時調查的。因此，我們也據以認定《萬曆會計錄》的「成書」年份是萬曆六年（一五七八）。

其實，在背後真正推動編纂會計錄的要角是張居正。神宗即位時正值張居正當國，而王國光與張學顏正是他所倚重的戶部尚書。在他的一條鞭法下（萬曆九年，一五八一），國家財政漸有起色，國庫收入日增，太倉銀庫所藏的銀兩以及京邊各倉的糧米也都相當充實，張學顏在萬曆九年的奏摺中就說：「國初至今，未有積貯如是充裕者；……計其大者，內庫如金花、蠟絹、顏料之類，俸祿如宗藩、勳戚、武職之類，邊餉如修邊、客兵招募之類，視之《會典》，幾踰壹倍。」編纂會計錄的目的，很有可能是要記錄張居正經濟改革富庶期的盛況，並供日後稅賦與開支之依據。理由是張居正在萬曆六年發動全國清丈，對土地面積、人戶、丁口數正好有較新的統計數字，在這個基礎下頒定的稅額，一方面讓政府可以較清晰地掌握收支狀況，二方面也讓各級行政機構明瞭應收稅額與存留比例。因為弘治（十五）年間所訂的額度至今已完全不適用，《萬曆會計錄》的頒行，等於重新釐訂了全國上下各部門的收支標準，這也是張居正治國的主計帳簿。

## 2. 出版

對比梁方仲的文字和一九八八年縮印發行的版本，可以看出梁方仲在一九三四—五年間曾經翻閱過這套三百多年歷史的孤本，證據之一是他抄錄了張學顏手下先後編輯官員的全部職稱與人名。這部書大概在一九六〇年代初期拍製成微捲片，黃仁宇在寫作《十七世紀明代的租稅與政府收支》時，在芝加哥大學用過這些微片。梁方仲在編製《中國歷代戶口、田地、田賦統計》時，也用到了這項史料（例：乙表五八、附表一五）。

但原書老舊不耐翻閱，微捲又傷眼難查，所以這份史料並未受到廣泛的運用；就算有零星的查用，也尚未見到有專文或專書在研討這本史料。一九八八年北京的書目文獻出版社把《萬曆會計錄》縮印成上下兩本，列入《北京圖書館古籍珍本叢刊》的「史部・政書類」第五二—五三冊。這是根據萬曆十年刻本縮印，原書版框高二十三公分，寬十六公分，缺第六卷。縮印本為十六開本（高二六公分，寬十八・五公分），每頁收印原書的兩葉。縮印本共一三七三頁，所以原書至少是二八〇〇頁以上（因為要加上缺軼的卷六以及各卷中的殘缺頁）。

## 五、結構與內容

表二摘述《萬曆會計錄》的主要內容與結構，分主題、卷別、頁數與佔全書的百分比、殘缺狀況與特點說明等五項。此表已清晰顯示本節的主旨，不再重複解說。

整體說來，這本會計錄所記載的是⑴全國總收支額，⑵各級別行政區內所應收之田賦、鹽茶錢法、鈔關船料、商稅雜課，⑶應支付的各鎮餉額、宗藩祿糧、文武官俸祿諸項的統計數字。其中唯一沒有數字的是卷三三（本部職官），列述戶部內與會計業務相關的各行政部門之名稱與職掌，列舉十三布政司的所轄與分轄業務。在以數字為主的會計錄內，出現行政性的職掌分述，這是全書中較令人感到突兀之處。此卷中又有一半篇幅是記載皇帝對各項業務與人事的意見批示，這樣的內容在此處出現，在順序上也難以解釋。

## 六、史料特性

### 1.缺卷與缺頁

這本書是一五八一年刻印刊行的，在四百多年後的一九八八年影印出版，從影印本的品質看來，原書破損之處不少，但最大的問題仍在缺卷六「山東布政司田賦」。在郭道揚編著

## 表二　《萬曆會計錄》的內容

| 主　題 | 卷　別 | 內　　容 | 頁數 (%) | 殘　缺　與　說　明 |
|---|---|---|---|---|
| 1.歲出歲入總數 | 1 | 洪武(1368-98)、弘治(1487-1505)年間的舊額，以及萬曆六年(1578)普查的歲出歲入現額總數，共計11頁。之下依13司（行政區）分理各省歲入歲出總數，共53頁。 | 11-74，共64頁(4.7%)。 | 頁27：湖廣布政司的秋糧、歲入資料各缺一半。按：南、北直隸的歲入歲出未列入此卷內，詳見卷15、16。 |
| 2.各布政司田賦 | 2–16，共15卷 | 記載浙江、江西、湖廣、福建、山東、山西、河南、陝西、四川、廣東、廣西、雲南、貴州等13布政司的田賦，以及南直隸與北直隸的田賦。<br>主要記載事項：(1)洪武年間舊額，(2)弘治年間舊額，(3)萬曆六年現額。現額項下再分(1)田土，(2)夏稅，(3)秋糧，(4)馬草，(5)人戶，(6)戶口鹽鈔銀六項。再下，依府縣別細列此六項詳帳。各布政司的排序，是依其歲入歲出額大小先後列舉。 | 75–663，共589頁(42.9%)。按：北直隸卷內容甚多，分上下兩冊，其餘皆為單冊。 | (a)缺卷6：〈山東布政司田賦〉,狀況細節明，但可參見卷一頁41–4的山東布政司歲額、歲入與歲出總額。<br>(b)卷5內缺15–16頁（頁201）：大約缺少福建布政司內2或3個小縣的資料。<br>(c)卷11內缺21–24頁（頁416）：廣東布政司內大約有8個縣的資料缺失。<br>(d)同上，缺35–38頁（頁422）：再缺大約8縣的資料。<br>(e)卷15內缺54–59頁（頁503）：缺北直隸約9的資料。<br>(f)卷16最後2頁殘破、缺頁：南直隸卷最後的聖旨批示意見不完整。 |
| 3.各邊鎮餉額 | 17–29，共13卷 | 分述遼東、薊州、永平、密雲、昌平、易州、宣府、大同、山西、延綏、寧夏、甘肅、固原等13鎮之餉額。內載屯糧、民運、鹽引、鹽課、京運、俸糧、修邊、倉庾、職儲等項。 | 664–990，共327頁(23.8%)。 | 缺卷29最後一頁（頁990），內容是公文的往返。另，頁874–8之間多頁殘破。 |

| | | | | |
|---|---|---|---|---|
| 4.內庫供應 | 30 | 皇宮府內所屬各庫的實物存量，下分內承運庫、承運庫、甲、丙、丁字庫、廣惠庫、天財庫、內宮監、尚膳監、酒惜薪司、寶鈔司等14項。 | 991–1016，共26頁(1.9%)。 | 完整。 |
| 5.光祿寺供應 | 31 | 光祿寺是主管皇室祭品、膳食、招待酒宴之單位，此卷記載各地光祿寺庫存實況。 | 1017–1026，共10頁(0.7%)。 | 完整。 |
| 6.宗藩祿糧 | 32 | 受分封的皇族在各地所支領的祿米與配給。 | 1027–1043，共19頁(1.4%)。 | 有半頁殘破（頁1042），最後一頁缺（頁1043）：是公文往返協議的部分，對數字無疑。 |
| 7.本部職官 | 33 | 戶部在京與在外各級單位的職掌、權限與責任，這是唯一無數目字的一卷。 | 1044–1058，共15頁(1%)。 | 完整。 |
| 8.文武官俸祿 | 34 | 在京、在外一至九品文武官員之本色奉、折色奉、折絹奉、折布奉、折鈔奉等諸項細節，以及各衙門吏典監生等役月糧則例，並述各部俸祿歲支總額。 | 1059–1073，共15頁(1%)。 | 完整。 |
| 9.漕運 | 35 | 東南各地水運糧食往京師或指定的公倉之詳細數據。 | 1074–1134，共61頁(4.4%)。 | 缺第120頁（頁1133），是公文往返討論。 |
| 10.倉場 | 36 | 倉場是收納米穀的場所，內分京倉（52衛）、通倉（15衛），記載各地各倉實況。 | 1135–1166，共32頁(2.3%)。 | 完整。 |
| 11.營衛俸糧 | 37 | 五軍督府與京衛武官俸糧之總額與細目。 | 1167–1198，共32頁(2.3%)。 | 完整。 |
| 12.屯田 | 38 | 各屯田地區的屯田畝數與糧草庫存數。 | 1199–1267，共69頁(5.0%)。 | 缺第41頁（頁1219）：缺皇陵衛下約10個衛守的資料。 |

| | | | | |
|---|---|---|---|---|
| 13.鹽法 | 39 | 記載兩淮、兩浙等10個鹽運司內各分司及其下之各鹽課司之運鹽、交易、課稅之數量。 | 1268–1288，共20頁（1.5%）。 | 缺第16頁半頁（頁1275）、頁1283、頁1285各缺一頁；部分數字殘破不完整。有三個鹽課司、提舉司的資料全缺，可能共缺10頁以上。此卷對明代鹽運的研究助益有限。 |
| 14.茶法 | 40 | 記載茶法、課茶、商茶之數量與價值（數據不多，以公文內容為主）。 | 1289–1302，共14頁(1%)。 | 完整。 |
| 15.錢法 | 41 | 記載錢鈔鑄印之發行量，以及行政上之規定與討論。 | 1303–1315，共13頁(1%)。 | 第1312頁下缺，但看不出實缺幾頁，是公文討論的部分。 |
| 16.鈔關船料商稅 | 42 | 記載河西、臨清、許墅、九江、北新、淮安、揚州等七鈔關之稅率與稅收。 | 1316–1330，共15頁(1%)。 | 完整。 |
| 17.雜課 | 43 | 課鈔、商稅（門攤、酒、醋、魚）等雜項稅收之種類與數額。附布政司、各府之應積穀數，數據完整。 | 1331–1373，共43頁(3.1%)。 | 缺最末頁（頁1373），是收尾語的部分。 |

萬曆六年（1578）普查，共43卷，雙葉縮印成一頁，16開本，共1,373頁，缺卷六〈山東布政司田賦〉。

的《中國會計史稿》下冊七十六頁有本書卷首封面的照片，上面有後人用毛筆寫上「會計錄四十三卷全，有本書卷首封面的照片，上面有後人用毛筆寫上「會計錄四十三卷全，少六卷山東布政司田賦」，這頁封面的內容是：「卷之一：目錄、舊額、見額、歲入、歲出、十三司分理」。一九八八年的影印本未印出此封面，但卷二以下諸卷的封面則全都影印了。有可能是一九三三年北平圖書館自山東購入時，卷六就不見了。為何從山東購入的圖書反而獨缺山東卷？整本會計錄四十三卷中，以山東為單一主題的就是卷六，有可能是被山東的藏書家特藏起來，或有人拿去做其他用途而未歸還，後代子孫也無從追索。

依卷二至卷一四其他布政司田賦的資料來看，缺卷六的損失是：無法得知山東布政司內各府縣夏稅秋糧的細節數據，也因而無法判斷各府縣稅賦負擔的輕重排序。雖然這些細節無法知曉，但山東布政司的歲額、歲入、歲出三項總數額，在卷一第四一—四四頁內仍有詳細記載。

全書各卷中的殘缺頁數，在表二裡也已詳述，以下說明殘缺頁的性質與影響。原書是典型的單面印刷對折線裝書，四百多年後攤開翻拍時，各頁的魚尾部分（即折疊部分）破損處不少但妨礙不大，有少數幾頁會影響到數字的判讀。另有一項翻拍時的失誤，是卷三二宗藩祿糧一〇三三頁部分，插入不相干的兩頁文字，內容是「虎山堂外紀卷八六頁一三—一四」，恐是翻拍插版時的誤植，但並不影響會計錄在此卷內容的連續性。

**2. 單位太雜太細**

單就卷一的第一頁來看，它所記載的是「天下各項錢糧原額見額歲入歲出總數」，也就是加總之後的大項數額。若以萬曆六年（一五七八）的「夏稅」一項為例，共包含十六項：(1)米麥，(2)麥蕎，(3)線綿并荒絲，(4)稅絲（以下又分五項：(a)折絹絲，(b)絲絹折絹，(c)稅絲折絹，(d)人丁絲折絹，(e)農桑絲折絹）(5)農桑零絲，(6)原額小絹，(7)幣帛絹，(8)蔴布，(9)苧布，(10)綿花折布，(11)土苧，(12)洞蠻蔴布，(13)農桑并絲折米，(14)鈔，(15)租鈔，(16)稅鈔。其中以(1)米麥最多（四六五萬五千二四二石八斗七升五合七勺），以(7)幣帛絹最少（壹疋）。

「秋糧」部分（一四—一五頁）更複雜，超過三十項以上，而且在項目上都和夏稅不同，僅舉五例：(1)魚課米，(2)猺人粗布，(3)山租鈔，(4)椒課鈔，(5)紅花（十一斤十三兩五錢）。一個大帝國的「歲入歲出總數」，竟然連十一斤十三兩五錢的紅花也算是一個項目、壹疋幣帛絹也另成一項，真可以說是精確到錙銖必較的程度（這種錙銖性格在廣西太平府都結州的夏稅米上也可以看到：「夏稅米貳斗伍升」）。

以上是「總數」的部分。在「歲入」（一六—一九頁）和「歲出」（一九—二二頁）的部分，項目上就更複雜了。以歲入部分的「甲字庫」為例，計有(1)銀硃烏梅，(2)闊白三梭布，

(3)闊白綿布，(4)苧布，(5)紅花，(6)水銀等六項，其他諸庫、司、局、寺、邊鎮的項目，更是五花八門，遠遠超出上述「總數」部分所涵蓋的項目。若往「歲出」部分看，那就更是眼花撩亂，若再往各邊遠布政司去看各府縣的課徵項目，那就更複雜了。此外，歲入與歲出兩部分的內容大異，大概只能從米糧數與銀鈔這兩項來判斷收支相抵的情形了。

綜合的感覺是，這本會計錄內的單位太複雜，幾乎全國各地的產物（主要與次要）都包括在內。在這麼繁雜的項目之下，怎麼可能有效地管理運用這些經濟資源？歲入與歲出額之間，很難一眼明瞭收支之間的差額（盈虧），也難以判明是在哪個部門虧漏多嚴重，透支的結構如何（百分比、項目、原因都難理解）。此外，這本會計錄內所記載的數據，大多是萬曆六年的資料，但由於國土龐雜，某些地方是用其他年份的資料，例如卷五（一九五頁上）福建就是用「萬曆八年清丈田糧數」。

### 3. 數字驗算不合

會計錄最重要的部分自然是各項收支的數目，但單就從卷一的前幾頁挑出一些數字重新驗算，就發現有數字加總錯誤，以及前後不相符的情形。全書中數字遍佈，難以一一查對，但驗算不符總會讓人懷疑會計錄的精確度。

(1)卷一的第一頁（十一頁下）：「(1)絲綿折絹三四九六二疋十八丈三尺八寸二分，(2)稅絲折絹四四二〇疋三丈九尺九寸九分，⑶人丁絲折絹四〇五七六疋十丈七尺七寸一分，⑷農桑絲折絹九九一四〇疋，五十五丈五尺三寸八分，⑸又絹二二九八九疋，七尺七寸四分，以上肆項絹共二十萬二千零五一疋九六丈三尺三寸。」這有兩處錯誤：⑴以上共計五項而非四項，⑵若不計算丈以下的零星部分，單計算疋的部分，五項總合是二〇二〇八七疋，而非二〇二〇五一疋。

⑵同樣的計算錯誤在下一頁（十二頁上）也有一處：「以上參項鈔共五六三八二錠二一貫八三八文」，其實應該是五六八八二錠才對。

全書四十三卷中類似的錯誤不知凡幾，在第一、二頁之內竟然就有兩個錯誤。試想十三布政司下有多少府縣，這些數字又如何再做總檢查？以書中各項數字表達的方式（皆以壹貳參等大寫來表達數字），審閱的人很難一目瞭然，也很難想像他們如何把「文字數目」轉換成「可管理的數據」，更遑論對照各縣府布政司三級單位之間的各項總額了。這種單筆記錄式的會計難以相互查對，甚易相瞞，皇帝也只能應付地批示「知道了」，我們期望他能從中看出個什麼結構性的癥結呢？

**4.筆誤**

以下僅舉三例說明筆誤的性質。

1.卷一目錄內（八—九頁），有關各軍鎮餉額的部分（卷一七—二九）皆作「餉額」，而書內各卷卷首的封面卻皆「額餉」。

2.一〇九五頁上第六行「湖廣總把總壹員領捌衛壹所」，但從同頁所列舉的資料，應為「玖衛壹所」。

3.二十九頁順天府夏稅小麥為一八八〇三石三斗七升二合四勺，與四八一頁上（也是順天府夏稅的小麥）一八九九〇石四斗二升四合八勺不符，但其下的人丁絲折絹、農桑絲折絹，這兩項數字在二十九頁與四八一頁卻又相合。同府的秋糧米（三〇頁右上）與四八一頁左下的數字也不合。這難以判斷是筆誤或是所根據的資料不同，這種前後數字不符的情形應有不少。

**5.行政區的重疊**

卷一（二十九頁下）記載福建布政司的夏稅、秋糧、戶口鹽鈔銀等三項之後，出現了順天府、永平府、保定府等十個府州名稱。這是奇怪的事，因為這十個地方都在北直隸，為何冠在福建布政司之下？再往下看，五一頁的四川布政司內，竟有應天府、蘇州府、松江府等十七個南直隸的府州名，為何隸屬四川布政司？百思不得其解，後來在《大明會典》卷一四第一頁內才明瞭：「萬曆三年議准，以北直隸府州衛所歸併福建司；南直隸府州衛所歸四川司。」

這說明了會計錄卷一內為何南北直隸分屬四川與福建。但卷一內卻也因而找不到福建與四川兩布政司下各府的夏稅秋糧等項目的「歲額」。這兩個布政司的這項歲額，分別在卷五「福建布政司田賦」和卷十「四川布政司田賦」內都可找到，但在屬於總覽概觀性質的卷一內，竟無此兩個布政司的數字，在體例上也難以理解。

在卷五的「福建布政司田賦」內，則完全是福建各府縣的資料，對它所託轄的北直隸諸府縣情形，反而一字未提。或曰：把卷一內第二十九頁的福建布政司改為北直隸，即可免去此一名實不符的現象，因為第二十九—三十二頁內所記載的只有北直隸而無福建各府縣的資料。然而，對照第二十九頁與卷五的夏稅與秋糧，兩者卻又相同，甚為困擾。目前的理解是：第二十九頁福建布政司的夏稅與秋糧，是福建自己的部分，第二十九—三十二頁之間北直隸各府州的數字，是在福建本布政司之下，依序添列而已，與福建本布政司的總數額無涉。這對明末官方或許是不待贅言之事，但後人卻需要大費周章地去理解。四川與南直隸之間的關係，和福建與北直隸之間的關係相同。

6. 小結

以上五點析述會計錄的史料特性，其中有兩項不是編製會計錄者的責任（缺卷頁與南北直隸分屬四川、福建），其餘三項對明末行政體系內的人員，想必也構成困擾。這三項中，筆誤與數字驗算不合這兩項的妨礙也不大，最多再查對重算即可，真正的大障礙在於會計錄內的⑴項目過多，單位太複雜；⑵而且數字過於細微（紅花十一斤十三兩五錢）過度雜碎細微的結果是：⑶翻開會計錄一看，無法一目瞭然，易見前忘後，無法前後查對。大概只能據以知曉萬曆六年的大略狀況，但難據以判斷各級行政單位所掌握的經濟資源，以及盈虧的狀態。或曰：會計錄的主要功能是在提供田賦的課稅標準、各領餉額的支付額度、文武官員俸祿、各項商鈔諸法的收入預估額而已，是一項靜態的、大略的政府收支額，而非動態的、真實的收支數額。或許有另一套現在尚不夠理解的制度與管道，在向各級決策人員反映真正的事實。

## 七、會計錄的特色

會計錄有一項主要的特色，就是配額式的預算概念。西式的政府收支表當然也有預算的觀念，例如預估教育、行政、軍事等部門在當年內的收支額，據以向主計部門編列預算，再由國會與審計部門通過執行。會計錄的做法正好相反：在收入方面，它是根據各地的物產能力，預先規定各地應收稅額、存留起運比例；在支出方面，也是預先估算好各皇室人員、文武百官、各地軍餉的開支。

明代有過三次全國性的調查：洪武廿六年（一三九三）、弘治十五年（一五〇二）、萬曆六年（一五八七）。也就是說，明朝將近二五〇年之間，在明初、中、末期才各有一次對全國經濟資源有較完整的理解，而真正編製成會計錄的則只有萬曆那一次。這種預算編製法在承平時期問題較少，一旦有天災人禍，自然困難重重，收支甚難相抵。中國皇帝又常使用特權，常對幸臨之處免除田賦三、五年，或某處有災，或某王侯有功，亦免各式租賦幾年不等；例如《明史》〈本紀廿・神宗一〉說萬曆十二年夏，「以雲南用兵，免稅糧及逋賦」，所以會計錄上的配額也不一定能完全收到。天災人禍再加上干預，國家的預算自然難以掌握，收不敷出時只好加重稅賦並減少文武百官薪俸。官員在己身收入不足，行政費用欠缺的情況下，自然會想出辦法在轄區內收括。

那我們是否可以從《萬曆會計錄》內的數據，去推估明末國民所得的大約數額？簡化地說，如果平均稅率是20％的話，那麼，明末全國的農業產值大約是夏稅加秋糧總額的五倍。問題是：各地的稅率是不一樣的，松江府是重稅區，雲貴是輕稅區，所以不能用這種簡化的方式去推估。此外，我們也尚不明白，各地的稅額是依據什麼標準或比例設訂的。

雖然會計錄無法提供估算國民生產額的功能，但從各地所承擔的稅賦額，還是可以觀察出各個行政區位的不同經濟結構：看出哪些地方的人口、可耕地、戶數較密集，哪些地方較貧乏，哪些地方出產何種經濟作物，因為各地的稅賦是以當地的經濟生產能力為基礎的。此外，表面上看來各地的稅賦是「定額」的，但實際上各地天災人禍各異，景氣循環對各地的影響也不同。在這種經濟收入不穩定的背景之下繳納定額稅，其實是在繳納一種浮動性的稅率：景氣好豐收時的實質稅率低，荒年時的實質稅率高。若以定額稅為分子，以變動的產出為分母，就可以看出稅率是不穩的。附帶一提：會計錄上的稅額是名目的，從歷代的實例上看來，實際上各地官府會另立名目，以應付行政開銷之不足，或成為自己收入的一部分，所以各地人民的實際稅賦，都比會計錄上所記載的重。

總之，明代的會計錄有兩大特色，一是配額式的政府收支，二是調整期特長，而這兩項特色其實也是一體的兩面：因為很久才調整一次，所以政府當年的收支從帳面上來說，是很久以前就規定好的配額。為何要這麼久才調整一次，大概是因為帝國幅員廣大，土地面積（魚鱗圖冊）和戶數人丁（黃冊）的調查不易，成本甚高。

## 八、與《明會要》、《明實錄》、《明會典》的關聯

《萬曆會計錄》對研究明末經濟最大的助益，在於它所提供的詳盡統計數字：田賦、餉

額、俸祿、鹽茶諸法等項目在各布政司與府州縣的數字都有，甚至精確到小數點的程度。研究晚明經濟史的學者與論述甚眾，大部分研究的基本數據是以《實錄》、《會典》、《會要》為主。然而，與《會計錄》相較之下，這三套史書在數據方面就顯得粗略了。但從另一個角度來看，《會計錄》主要是提供萬曆六年前後的數據，是所謂的「橫剖面」的數據，而其他三套史書則是屬於貫穿性的，並未特別偏重某個年代。

所以，從統計數字的面向性、完整性與細節性來看，《會計錄》遠超過上述的三套史書。而《會計錄》內豐富的數據，至今尚無系統性的研究：在一九八八年影印出版之前，由於閱覽不便，大多數的引用者是在其中查索單項數據；一九八八年出版後使用者較多，但仍以單一問題為主（例如田賦），以個別問題的需求在《會計錄》內找尋數據。因為《會計錄》以數字為主，解說太少，需要靠基本史書與大量的研究文獻，才較能理解《會計錄》內的運作性意義。

就數據的相互支援性來說，《會計錄》內各卷首都有二至四頁對比洪武二十六年、弘治十五年、萬曆六年的數據，並比較其增減額；這是很有用的概觀性對比，也可據以計算明初、中葉與晚明經濟結構的變遷。然而，《會計錄》所涵蓋的面向，基本上是與政府收支相關的項目，有些能顯現出經濟或社會重要現象的問題卻未能包括在內。例如：明末逃戶與流民的現象嚴重，而《會計錄》只能依黃冊提供靜態的人戶數字，這與社會實情必然有相當差距。像這類的重要問題，我們在《會典》卷十九—二〇可以找到一些說明與分析，來輔助對明末人戶問題的了解。

簡言之，單靠《會計錄》的數字並不夠，一方面它是靜態的資料，二方面明末的社會變動快速，單靠《會計錄》並不足以確實地分析明末經濟特色。此外，對理解政府收支的實況，也很需要借助其他史書與研究文獻。以下說明《會計錄》與三本史書之間的關聯性，以及如何用以相互補充。就研究《會計錄》的目的性而言，《會典》與《實錄》最有助益，《會要》其次。

### 1.與《明會要》

《明會要》是清龍文彬（一八二二—？）倣《唐會要》與《兩漢會要》體例編纂的，共八〇卷分十五門四九八目。其中有食貨五卷：田制、屯田等（卷五三），田賦、賜田租等（卷五四），錢法、錢鈔等（卷五五），漕運、預備倉等（卷五六），商稅、船料等（卷五七）。基本上這是輯錄《明史》等兩百多種史籍文獻的史料，分門別目編纂而成。

就《會計錄》研究的意義而言，這五卷的統計數字在數量上不夠，在細度上也較粗簡。但它在數值分析方面的記載，有助於貫穿性地理解整個明代經濟現象的變化，補充《會計錄》

專注於晚明經濟的缺失。

### 2. 與《明實錄》

這項重要的史書雖然有不少人投入心力做過校訂，但一直未重新排印過。所幸的是，郭厚安在一九八九年編選了《明實錄經濟資料選編》（中國社會科學出版社，一〇二一頁），依(1)戶口、田地、歲入總數，(2)田制，(3)賦役，(4)農業，(5)工商業，(6)鹽務，(7)漕運，(8)財政等八個項目，從卷帙浩繁的《明實錄》內篩選出重要的經濟資料與數字，以年月為序編排，鉛字排印出版，方便了明代經濟史的研究。

這八個層面都和《會計錄》的內容密切相關。《實錄》在時間上包括從明初太祖到明末熹宗諸帝，記載了諸項經濟事件的源起、演變、轉折過程。對明代經濟史的研究，這是一項重要的編選。基本上，《會計錄》是一套靜態的統計數字，可比擬為一組無生命的骨架，而《實錄》就好比是一套具有動感的血管與肌肉，必須要把這兩套組合在一起，才能建構出一組有活力的結構性故事。

以《實錄選編》的第一部分「戶口、田地、歲入總數」來說，就有九一頁的詳細數字，對明代經濟結構的變遷，是絕對重要的研究資料。但這些數字，並不能密切配合《會計錄》的研究所需。以萬曆朝為例，在《實錄》裡只記載萬曆三十年十二月的戶口、田地、歲入總額（八十五頁），簡略到對《會計錄》的理解無所助益的程度。所以，《實錄》對《會計錄》的功用，是在於整體經濟的背景，以及個別經濟問題（如漕運、宗祿等）的來龍去脈，提供了貫穿性的史實與數字，是添加活力的肌肉與血管，而不是骨架部分。梁方仲在《中國歷代戶口、田地、田賦統計》（一九八○，上海人民出版社）內，有關明代的數字，基本上是用《實錄》和《會典》的數字編製計算的，非常方便現代的研究者。

附帶一提：《明史》〈食貨志〉六卷所能提供的助益，基本上與《實錄》類同。而〈食貨志〉的內容較簡潔，缺乏細節的數字，是屬於架構性的通史性資料，對很需要細部分析的《會計錄》能提供佐證性的功用，在用途上約和《會要》類近。

3. 與《明會典》

相對於《實錄》的編年式詳盡記載，《會典》主要是列述吏戶禮兵刑工諸部職掌，所提供的是帝國的各部門在各層級之編制以及興革變化之記載。這種編列方式對《會計錄》研究的好處是查索方便：《實錄》若非經郭厚安編選，依經濟項目分類彙集相關記錄，對《會計錄》的研究必然會有許多困擾，因為篇幅龐雜，要查索某年的田賦或茶法數額，都不是一件輕易的事。

而《會典》的好處是：第一、依職責分類，要知道各都司衛所與軍鎮的分佈，查兵部內的鎮戍（卷一二六—一三三）一索即得，武職衛門與各衛的分佈在卷一二七—一二八也記載得很詳明易查。第二、內容較簡潔，不若《實錄》的編年式流水帳，而是記載主要的變化。第三、與《會計錄》密切相關的部分，集中在戶部內的卷一九（戶口）到卷四二（經費）。而更大的好處是：主要的經濟統計數字，都對照列舉洪武二十六年、弘治十五年、萬曆六年的數字。以稅糧為例，在卷二四—二五內，就以簡潔的數字提供各布政司、府州縣的夏稅與秋糧兩項數字。更簡明的是，《會典》的數字大都以總額大項（如麥、絹、米）為主，不若《會計錄》內雜項瑣碎紛雜擾人。當然，若要做細部理解，《會計錄》較精確，但若從明代經濟結構變遷的角度來看，《會典》是一套簡明的材料。

更重要的是，《會典》提供一些《會計錄》所未記載的經濟面向，舉兩個例子：《會典》卷二六「起運」分載弘治十五年與萬曆六年的「起運數目」，這是理解國家稅收在地方與中央分配比例的必要統計。以田賦為例，《會計錄》內記載各布政司存留起運的數額，但只有萬曆的數字，無從理解這項比例是增或減。而《會典》卷二六第一—二一頁則提供弘治十五年的相同項目，可據以分析明中葉和晚明中央與地方財政的分配變化。

另一項《會計錄》所無，但卻是理解明代政府支出的資料，是《會典》卷四〇—四一的「經費」，內分賞賜、月糧、官戶口鹽鈔、雜支、勘合等五項。《會計錄》主要是記載各項收入（如田賦）與支出（如文武官俸）在各行政體系的情形，但賞賜的支出也是一筆不可忽視的項目（比例待查算），諸項雜支也不是《會計錄》所能提供的訊息。這些事項雖非研究《會計錄》的主題，但仍是理解明代政府支出的重要問題。

大體而言，《會典》有兩項優點：⑴提供簡明的數字，可對比洪武、弘治、萬曆三朝的結構性變化；⑵提供《會計錄》所未提及的政府收支面的（如經費與起運額）。如果《會計錄》內的材料是樑棟屋瓦的話，《會典》內的素材則是幫助我們更深入理解明代政府收支的幾面小窗戶。

## 九、《會計錄》對明末經濟研究的意義

明代社會經濟史的研究文獻非常豐富，這些研究中有許多是在一九八八年《會計錄》影印出版前發表的，運用到這項史料的研究並不多（透過微捲或少數人能翻查原書）；在此之後運用這項文獻的研究裡，大多是取其中的某項數字（如錢鈔、田賦）。若以整本《會計錄》來當作研究的對象，可根據其中的統計數字來理解明初、中葉、明末的經濟結構變化，這是全國性、結構性的角度，在這方面或許《會計錄》的貢獻不大，因為《會典》、《實錄》已能提供類似的功能，而且梁方仲也已做了許多很好的統計表格。

而其他史料所不能提供的，是各項收支（田賦、俸祿等）在各行政級層（省府州縣）的詳細數字，這些數字是從行政區（或地理角度）來分析經濟資源分佈不均度的絕佳史料。明代的行政區共分十五省、一四〇府、一九三州、一一三八縣，雖然各級的數字都很完善，但目前只需要做到府與州的層次；至於縣級的詳細數字，可供做分省研究者深入做細部化的分析。

綜合地說，這套《會計錄》所提供的數字對晚明經濟研究的助益，是面向性的（政府各部門的收支）；同時也是細部性的（各地存留/起運比例，各縣物產與可稅額的數字），但有三項重要問題反而幾乎毫無幫助：鹽法、茶法、錢法。卷三九鹽法所提供的只是十個鹽運司、提舉司的管轄分司場所名稱，以及「小鹽引」、「常股鹽」、「存積鹽」等的綜合性數字。此外，缺頁嚴重：一二七五頁長蘆鹽運司頁殘破，另缺陝西、廣東、四川三個鹽運司課的資料（缺十頁左右）。在資料結構粗糙、缺頁嚴重的情況下，我們只好靠《會典》卷三二－三四的「鹽法」資料來補充。所幸明代鹽業的研究已相當齊備，《會計錄》在這方面的缺失已不構成障礙。

卷四〇的茶法和卷四一的錢法，在頁數上都很完整，助益不大的原因在於沒有提供多少數字。就茶法來說，只有在第一頁上半部（一二八九頁）有陝西與四川茶課之數字，其他茶馬司的數字全無，而且自第二頁起就完全是「沿革事例」，尤以皇帝的聖旨和詔書為主。卷四一的錢法也一樣，除了半頁的前言外，內容全都是沿革事例。所以《會計錄》內的鹽茶鈔三項資料，主要是提供沿革事例與公文往返的內容，在以統計數字為主的《會計錄》內，顯得獨特而助益不大。

《會計錄》在材料上另有一項缺點：我們所看到的是各種稅收的「配額」，但並不知是根據哪些基礎，也不知是如何制定的；此外，我們也看不出「實收」多少，無法看出「有效稅入」，也不知是否能收支相抵，更不知道虧缺的程度，以及哪個部門應負盈虧責任的程度。

《漢學研究》第十二卷第二期
一九九四年十二月

# 庫咨內次的假說是否適用於臺灣

## 一、Kuznets假說（Kuznets曲線）

Kuznets (1955, 1963) 比較了已開發國家（DCs）和開發中國家（LDCs）所得不均的形態。他發現，LDCs的所得分配，一般說來比DCs不平均（最近Gupta and Singh, 1984:251也再度證實這種形態）。Kuznets當時的結論是：所得分配不均的程度，和經濟發展的水準有關係。他進而假設，在經濟發展初期所得不均的程度會先提高，在經濟成熟到某一階段後，所得會趨向平均化。這就是在經濟發展學中，大大有名而且至今爭論不已的Kuznets假說（以下簡稱K假說，或K曲線，見圖一）。

Kuznets假說提出後，有大量的實證和理論研究，試圖證明或否定它。在實證方面，由於缺乏中長期的細部可信資料，經濟學者大都使用全國性(national level)，而且單一年份的資料（cross-section），來做國際間的研究（cross-nation），以觀察不同經濟發展階段中所得分配不

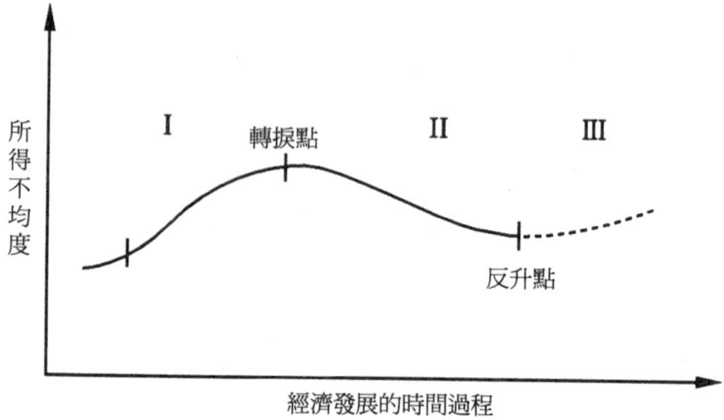


圖一　Kuznets 曲線的理想形式

均的形態。Adelman and Morris (1973)、Paukert (1973) 以及 Lecaillon et al. (1984) 等人的文獻評述，都肯定了Kuznets的假說。此外，Ahluwalia (1974) 用了六六個國家的資料，也支持這個假說。

這些文獻中較易引起爭論的是，經濟學家以平均國民所得的水準（或者是GNP的水準），去解釋所得不均的程度。GNP的水準也許是一項重要的解釋變數，但不宜用它來當作解釋所得不均度變化的主要因素。事實上，有許多其他因素能影響長期所得平均度的趨勢，而且這些因素的重要性，並不一定亞於平均國民所得水準（或GNP的水準）。例如：經濟發展初期的資產集中形態、勞動力的品質、生產設備所有權的分佈，以及其他社會制度上的因素等等。

再說，所得的不均度和經濟制度的形式也密切相關：中央計畫型的經濟，在貨幣的形式上，通常比市場經濟的國家所得不均度低。許多中央計畫型的國家，低所得不均度和低GNP水準也時常並存。這說明所得不均度和生活水準(GNP)可以是獨立的兩件事。簡言之，經濟發展水準(GNP)的變動，並不是解釋所得分配變化的主要因素。

Fields (1980:69–70)把五十六國的所得不均度（吉尼指數），和這些國家的平均國民所得水準（分成五組）迴歸，結果說明所得水準並不足以解釋所得不均。他的結論是：「所得水準至多只能解釋各國之間所得不均差異程度的25％」。Ahluwalia (1974)也說明，所得不均的程度，和經濟發展的水準之間無必然的相關；一方水準的變化並無影響另一方變化的直接因果關係。

我們對K假說（或K曲線），可以有三點評註：

1. 這個假說的基礎，是建立在國際間比較上，而且是運用單一年份資料(cross-section)觀察所得到的，在沒有長期的時間序列資料下，這是次佳的辦法。要注意的是，用cross-section和cross-section資料所得的結果，來說明長期經濟發展過程與所得不均變化的關係，等於是假定各國的經濟性質是同質的，同時也是假定不同國家的K曲線，其形狀與過程相同。這些假設過於強烈。

2. K假說（曲線）是否能成立，其實只要以個別國家長期所得不均的時間序列資料，就可以驗證了。因為這些資料的不可得或不存在，經濟學家不得不用cross-section的資料。因此，在解釋上可能會導致偏差。

3. 並無任何證據或理論，可以保證經濟成長必然會自動地減緩所得不均度，或所得不均度的減低會提升經濟成長。K曲線和Phillips曲線一樣，只是觀察上的現象，而不是「定律」(low)或「規則」(rule)。

說明了K假說（曲線）的性質之後，接下來討論一個爭論性的問題：K曲線在經濟發展的初期，是否有哪個國家避開過（即所得分配的長期趨勢無K曲線的情形）？這個問題可從兩個層次來看。1.第二節以實證資料說明，K曲線在臺灣經濟發展的過程中，很有可能存在過；此外，這在DCs和LDCs中似乎也未曾避免過。2.第三節以推理的方式，說明何以K曲線會呈反U字型，以及何以「難以避免」。

## 二、臺灣不是個反例

F-R-K (1979)的主要結論之一，是他們認為臺灣在經濟發展的過程中，並未掉入Kuznets

陷阱；即圖一的第I階段並未出現。他們的論點是，臺灣的吉尼指數在一九六八年以前（即一九五〇—一九六八年期間），並未明顯的上升（見圖二和表一），他們也把一九六八年當作臺灣經濟的轉捩點（以過剩勞力的消失為基準，見**F-R-K**, 1979:27–35）。換句話說，他們的資料顯示，臺灣所有家計總收入的吉尼指數，在一九六四年間並未呈反U字的形狀。他們因而進一步認為，**Kuznets**陷阱可以在經濟發展的過程中避開掉❶。但是有一個關鍵很可能被忽視：經濟的轉捩點（過剩勞力消失時），並不一定和K曲線的轉捩點（見圖一）正好相同。在觀念上，必須分清這兩條在意義上全然不同的曲線❷。

Braulke (1983)提出另一種判斷K曲線轉捩點的方法：依傳統的判斷方法，是當全國人口都市化的程度為・四四時，依他的新估計，是在二五時。臺灣在一九六四年時的人口都市化率，依他的表一是・五九二（即農村人口為・四〇八）。依這項標準，臺灣自一九六四年起，

❶ F-R-K (1978:17)「並非一定要壞過才會好轉」。**K-R-F** (1981:43)也說：「從殖民時期到現代化的經濟發展過程中，在每一個轉換的階段裡，經濟成長可以與所得平均化並存」。

❷ 這兩個轉捩點只有在很巧合的情況下才會在同一時間發生，經濟的轉捩點似乎不易在K曲線的轉捩點之前達成。原因是：K曲線的轉捩點，可經由制度性的因素（如土地改革）提早達到。而經濟的轉捩點，則須在經濟達到某種成熟度，開始準備起飛時（如過剩勞力消失）才會發生。

已應處於K曲線往下走的那一段了（即圖一的II部分）❸。換言之，F-R-K (1979)和K-R-F (1981)、Ranis (1978)，以圖一階段II的吉尼指數（一九六四—七八），來說明臺灣無K曲線（或Kuznets陷阱），並不十分有說服力。此外，他們把經濟的轉捩點，拿來當成K曲線的轉捩點(Ranis 1978:398)，這在觀念上可能混淆了。

在有長期時間序列資料時，K曲線的轉捩點較易研判。在可靠資料缺乏下，我猜測臺灣在一九六四年之前，可能有過圖一的第I階段。我無法以可靠的資料去證明或反證，但表一和圖二較可支持我的觀點。我認為較公平的說法是：K曲線的第I部分，在一九六四年以前很可能存在（雖然我仍不知道確切的轉捩點在哪一年），但其斜度應較其他LDCs為緩，理由如下：

第一，日本殖民結束時，殖民企業幾乎全歸屬國民政府，成為當時公營企業的主要來源，這避免了資產和生產設備在（私營）工業部門的集中。這是因為在殖民時期，很少本地人在工業活動中有重要資產。第二，民國四〇年代末和五〇年代初的土地改革，減低了農業部門

❸ 邢慕寰（一九八五：七一）：「綜合臺灣一九三〇年代以及一九五〇年代以後的觀察，我們大概可以得到這樣的印象：即臺灣個人所得分配不均的程度，在一九三〇年代曾經一度擴大，自一九五〇年代中期以至一九七〇年前後節節縮小，以後則無顯著改變。」

土地（和財富）的集中度，同時也挫抑了資產階級的擴展。第三，日據時期發展的農產加工業，多位於農村地區，這種非都市化的產業區位，能提供農村勞力就業機會，也得以減少都市與鄉村之間所得的差異。這三點都是解釋臺灣戰後低所得不均度的重要原因。❹而這幾點，並沒有很多國家（DCs和LDCs）在經濟發展的初期，擁有這類似的有利點。

再來看日本的情形。日本是已開發國家中所得分配甚平均的國家。Oon and Watanobe (1976)發現日本也有過K曲線，他們推估日本K曲線的轉捩點約在一九六〇年左右。他們認為日本所得的平均化可歸功於：1.二次大戰後國民所得中勞動所得額份的提高；2.土地改革；3.農村與城市間所得差距的減少。這三項因素和臺灣的情形相當類似。

有人會問：若日本K曲線的轉捩點是約在一九六〇年，那麼臺灣K曲線的轉捩點，怎麼會是在一九六四年之前已達到了?我們可以這麼解釋：就算日本和臺灣在經濟的轉捩點上，有顯著的時間差距（約廿年），但這兩個經濟的K曲線，卻有可能在同一時期達到轉捩點。原因是臺灣在一九四五—五〇年代之間，所經歷的結構性改變比日本澈底得多。日本在那時期也有過顯著的變革（如麥帥對財閥的措施），但臺灣的情形更深邃：政權的改換，使得經

❹ 當然還有其他因素，例如榨取農業部門的剩餘資金到非農業部門，當作「工資基金」(wages fund)，見Lee (1971, Chs. 5–6; Fei and Ranis, 1964)。

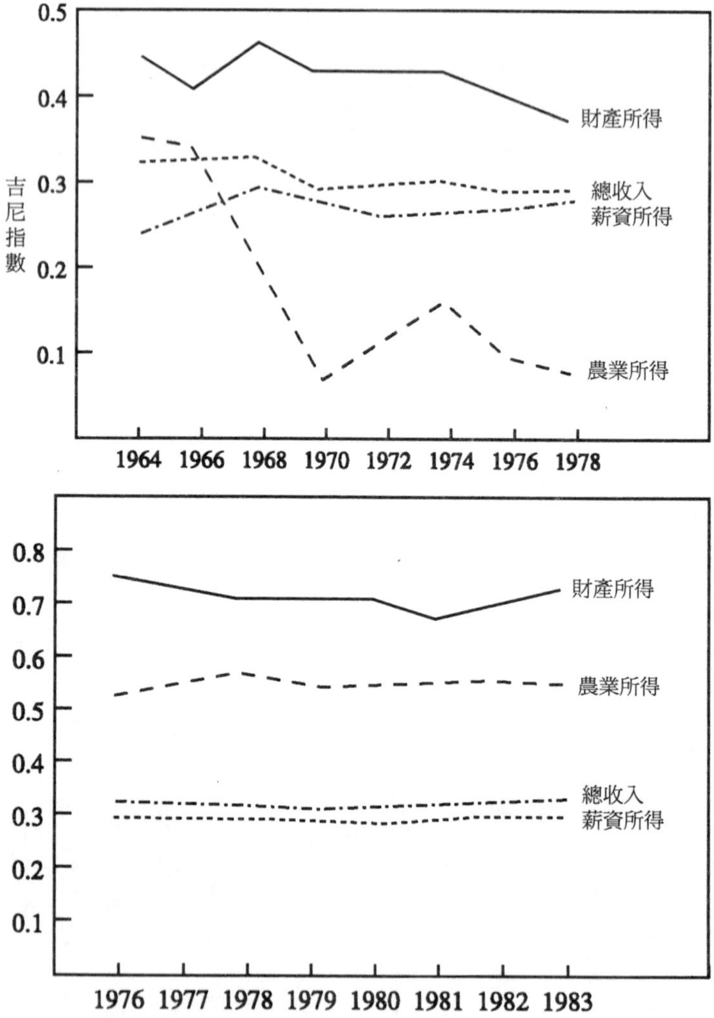


圖二　全體家計收入的吉尼指數（請注意總收入吉尼指數的變化）。

(a) 1964–78，繪自 K–R–F (1981: 92–93)
(b) 1976–83，作者計算結果。

## 表一　臺灣所得分配調查結果摘要：1914–1983

| | 第五等分位所得／第一等分位所得 | 吉尼係數 | 樣　本　數 | 抽樣比率(%) |
|---|---|---|---|---|
| 1. | （稅捐資料） | | （家計單位戶數） | |
| 1914 | 16.80 | | | |
| 1918 | 10.72 | | | |
| 1941 | 10.51 | | | |
| 1945 | 7.91 | | | |
| 2. | （地　區　性） | | | |
| 1953 | 8縣　市　20.47 | .558 | 301 | .02% |
| 1959 | 4都　市　4.55 | .528 | 430 | .04% |
| 1963 | 4都　市　4.06 | .261 | 430 | |
| 3. | （農　　家） | | | |
| 1952 | | .286 | 4,000 | .061% |
| 1957 | | .234 | 1,400 | .190% |
| 1962 | | .213 | 1,947 | .240% |
| 1967 | | .179 | 1,642 | .190% |
| 4. | （全臺灣地區） | | | |
| 1959 | 8.95 | .440 | 812 | .40% |
| 5. | （家庭收支調查） | | | |
| 1964 | 5.33 | .3208 | 3,000 | .146% |
| 1966 | 5.25 | .3226 | 3,000 | .132% |
| 1968 | 5.28 | .3260 | 3,000 | .126% |
| 1970 | 4.58 | .2928 | 3,600 | .16% |
| 1972 | 4.49 | .2897 | 5,730 | .204% |
| 1974 | 4.37 | .2996 | 5,900 | .203% |
| 1976 | 4.18 | .294 | 9,441 | .300% |
| 1977 | 4.21 | .296 | 9,716 | .303% |
| 1978 | 4.18 | .296 | 14,309 | .4% |
| 1979 | 4.34 | .294 | 14,085 | .4% |
| 1980 | 4.17 | .287 | 14,697 | .4% |
| 1981 | 4.21 | .289 | 15,258 | .4% |
| 1982 | 4.29 | .292 | 15,771 | . % |
| 1983 | 4.36 | .297 | 16,433 | |

資料來源：摘自張清溪、劉鶯釗(1984)：〈我國所得分配統計之檢討〉，《統計學會年度論文》，表1、表3（1964 以後的資料略有調整）。

濟改革（如土改、產業所有權結構）更容易而且更深遠，因而對財富的平均也有更大的衝擊。

這項經濟結構的變換，加速了臺灣K曲線轉捩點的來臨。然而，單是經濟結構的改變，並不一定能加速經濟轉捩點的來臨（亦即並不保證經濟一定成長）。因此，我們可以做一個似乎尚合理的推論：即使不同國家的經濟成熟度（很）不相同，但它們K曲線的轉捩點，可以在同一時期出現。

若K曲線的第I階段，在臺灣、日本這兩個所得分配相當平均的國家，都未能避免掉（或是說Kuznets陷阱都未能證明不存在），那麼，這個陷阱在大多數的LDCs中，似乎也不易避開，原因如下。

1.大部分的LDCs在發展初期的財富（所得）不均較嚴重。2.可以減緩所得不均的因素，如過去的基礎建設（像是臺灣的非都市化產業區位），在發展初期並未具備。同理，我們也可進而推論：今日的DCs在它們發展的初期，Kuznets曲線（陷阱）也很可能存在。

Lecaillon et al.（1983，第一章）的文獻評述中，確定K曲線在不同發展層次的國家組別中都曾經存在過。Lorenzen (1984)以一八五一－一九一三年間英、美、普魯士的長期資料重估，這些DCs的早期證據，並未能否定Kuznets的假說。我的感覺是，以長期的眼光來看，K曲線的形狀似乎和經濟發展的層次無直接密切的關連。戰爭或其他社會性事件（如革命），都可能扭轉K曲線的演變方向。

## 三、經濟發展過程與所得不均的變化

本節以雙元經濟的發展模式為基礎，來說明何以K曲線會呈反U字型（或較緩和的圖一形狀），以及何以Kuznets陷阱在雙元發展的經濟中不易避免。在此模式中，我把經濟二分化，一為農業部門（F部門），另一為現代部門（M部門）。所謂的經濟發展過程，在本文中的意義是：經濟的重心由F部門逐漸移轉到M部門的過程。在無精確可靠的長期時間序列，可以試證這種移轉的過程之下，本節的分析是屬於推論性的。

現在把圖一的K曲線分成三個階段：階段I是所得不均度上升的階段，也是本文與F-R-K(1979)的主要爭論點：臺灣有沒有過這個階段？這個階段在經濟發展過程中是否能避開？第二階段是在K曲線的轉捩點之後，所得分配較從前平均化。第三階段是揣測性的：所得不均不至於無止地下降，在經濟社會結構轉變時，很可能有反彈的情形。總之，圖一是個「理想形式」(ideal type)，不盡然合乎大多數國家的實證資料。以下的推論，有待實際資料來反證。

階段I：所得不均度上升的階段。在經濟發展的初期（前工業期），是以傳統的生產模式為主，人口大部分為「均貧」，所得不均的程度在這階段中，相對地呈現的穩定狀態。當開始發展時，經濟結構起了顯著的變化。某部分人抓住了新機會，所得增加，而大部分人仍停留在傳統的情境。隨著時間的進展，經濟重心開始從規模大但平均所得低的F部門，逐漸移轉到規模小但積極成長中的M部門。

就算F部門的所得不均度維持不變，但在急速成長的M部門之內，其所得不均度一般說來會增高。從全國經濟的觀點來看，所得不均度會比從前高，形成上升的階段I。簡單的來解釋是：當工業化開始時，財產（利潤）所得不均度會增高，雖然薪資不均度仍可能不變。但還是會有幾股反制力量來減緩階段I的陡度。舉例來說，快速成長中的M部門，能以較高的薪資提供工作機會給農村的過剩勞力，從而減低F與M部門間的所得差距❺。

質言之，大部分的LDCs具有幾項特色：1.農工兩部門不均衡發展，2.缺乏長期有效的所得平均化政策，3.有相當比例的隱藏性失業人口。這些因素（結合起來）在經濟發展的初期並不易克服，而且會產生往上升的K曲線階段I。而這階段的形狀（陡峭或平緩）和持續期間（長久或短暫），則依各國情形不同而異。由上述的因素看來，階段I似乎不易避免。

❺ 可以假想在F部門中有大量的隱藏性失業人口這些過剩勞力轉入M部門後，會減輕F部門的消費負擔。此外，他們也會把收入的一部分匯回給在F部門的家人，這更會減低兩部門間的所得差異。

階段II：所得不均度減緩的階段。階段II和階段I一樣，其形狀與持續期依各國經濟結構而異。何以經濟達到某種成熟度時K曲線會開始下降？在數種可能的原因中，可以由勞動力過剩、缺乏的觀點來說明。大部分的LDCs在發展初期，都有過剩的勞動力（隱藏性失業）。勞動供給曲線因而呈水平；相對地，DCs在無勞力過剩情況下，勞動供給曲線呈向右上彎曲（斜率為正）的形狀。當F部門的過剩勞動力，移轉到M部門且被消納後，該經濟的勞動供給曲線開始向右向上彎曲。結果是：隱藏性的失業人口（在F和M部門）不但由邊際生產力為零，轉為有生產性的正值，而且平均工資率也會因勞動力轉為缺乏而上升。這使得一般家計所得提高（假定超過通貨膨脹率），F和M兩部門間的平均所得差異也將會減低。勞動力過剩階段的結束，是解釋K曲線到達轉捩點的關鍵因素。

階段III：所得不均度反升的階段。K曲線在第II階段開始後，不至於會長期下跌，反升的可能性在幾個DCs中都可以找到（邢慕寰，一九八五）。圖I的虛線部分只是個比喻，各國的情形都不同。引起反升的原因很多，有社會性的因素（如戰爭），有經濟上的因素，如產業集團在經濟成熟後的出現，生產設備和資產集中在少數家族或企業等等。同樣地，這階段的形狀和持續時間也依國情而異。這個階段是否可以避免開？在當今的LDCs中，尚無充分的長期時間序列資料來證明這個論點。在DCs中雖然可觀察到這個現象，但大都是趨勢性的觀察，或以當時發生的社會經濟現象（如世界大戰、革命、經濟恐慌）拿來解釋，較深入的經濟結構性解析則甚少見。我們也沒有可靠的理論，能像解釋階段I和II一樣，說明何以這一階段必然發生，以及在哪種情形下會發生哪樣的變化。

## 四、結論

由以上的分析可下個結論，說K曲線（陷阱）在經濟發展的初期似乎不易避免。主要的原因是LDCs的雙元發展結構，以及在階段I中導致所得不均的因素，在經濟起飛前(pre-take off)階段中似乎不易排除，因而階段I的存在似乎合理。

## 參考書目

邢慕寰，一九八五，所得分配與經濟成長階段：以英國、美國、日本、臺灣、南韓的經驗印證，收錄於：《紀念劉大中先生學術演講集》，五七—七九頁。

Adelman, I. and C. T. Morris, 1973, *Economic growth and social equity in developing countries*, Stanford University Press.

Ahluwalia, M., 1974, "Income inequality: some dimensions of the problem," in Chenery, H., M.

Ahluwalia, C. L. G. Bell, J. Duloy, and R. Jolly, 1974, *Redistribution with growth*, Oxford University Press.

Braulke, M., 1983, "A note on Kuznets' U," *Review of Economics and Statistics, 65*:135–139.

Fei, J. C. and G. Ranis, 1964, *Development of the labor surplus economy: theory and policy*, Homewood: Richard D. Irwin Inc.

Fei, J., G. Rains and S. Kuo (F-R-K), 1978, "Growth and the family distribution of income", *Quarterly Journal of Economics*, 92:17–53.

Fei, J., G. Ranis and S. Kuo, 1979, *Growth with equity: the Taiwan case*, Oxford University Press.

Fields, G., 1980, *Poverty, inequality, and development*, Cambridge University Press.

Kuo, S., G. Ranis and J. C. Fei (K-R-F),1981, The Taiwan success story: rapid growth with *improved distribution in the Republic of China, 1952–1979*, Colorado: Westview Press.

Kuznets, S., 1955, "Economic growth and income inequality," *American Economic Review*, 45:1–28.

Kuznets, S., 1963, "Quantitative aspects of the economic growth of nations: distribution of income by size," *Economic Development and Cultural Change*. 11, Part 2:1–80.

Lecaillon, J., F. Paukert, Ch. Morrison and D. Germidis, 1984, *Répartition du revenuet devel–opement économique: unessai de synthéee, Genéve, BIT (Bureau International du Travail).*

Lee, T. H., 1971, *Intersectoral capital flows in the economic development of Taiwan*, Cornell University Press.

Lorenzen, G., 1984, *The Kuznets curve: evidence from Prussia revisited, Weltwirtschaftliches* Archiv, 120(4):764–781.

Ono, A. and T. Watanabe, 1976, "Changes in income inequality in the Japanese economy", in:Hugh Patrick ed, 1976, —*Japanese industrialization and its social consequences,* University of California Press.

Paukert, F., 1973, "Income distribution at different levels of development: a survery of evidence, " —*International Labor Review,* 108:97–125.

Ranis,G., 1978, "Equity with growth in Taiwan: how "special" is the "special case"? —"*World Develpment*" 6: 397–409.

《臺灣經濟》第一二四期
一九八七年四月

# 經濟發展策略與所得分配

## ——臺灣經驗的重估：一九五〇—一九七〇年代

一九四五年，臺灣結束半世紀的日本統治，重歸中國政府。一九四九年，國民政府轉駐臺灣，這個轉變對臺灣的經濟引起了激烈的衝擊：臺灣不但失去了一九四五—九年間，原為主要輸出地的中國大陸市場，另外又承擔了約一百多萬隨政府來臺的人口，一下子多出了百分之十以上的人口(Ho 1978:105)。這種驟變立即引起多層面的社會經濟問題。在這樣的情勢下，一個長經變亂的開發中國家，應當採取那一種發展的策略？

本文的旨要是試圖解釋，在這些約制條件下，臺灣在五〇—七〇年代之間，所謂的「成長與均富」是如何達成的。在經濟成長方面，已有許多文獻做過詳細的解析❶，本文僅著重

---

❶ 對臺灣經濟成長的簡要分析，可參閱Kuo-Ranis-Fei (1981),Galensoned. (1979),以及S. Ho (1978)分析一八六〇到一九七〇年代的臺灣經濟發展史。另見Barrett and Whyte (1982)對臺灣成長與均富的評述。

於經濟發展的策略（措施），如何減低了五〇—七〇年代間的所得不均度❷。

第一節略述臺灣經濟發展的歷史背景，以及二次大戰結束時臺灣經濟所受到的約制。第二節分析五〇—七〇年代中，臺灣所運用的六項主要發展策略：1.移轉農業剩餘。2.以出口為導向的勞動密集式生產。3.產業區位非都市化（分散化）。4.公營企業。5.土地改革。6.稅制。以上六種發展策略（措施），在第三節中予以全盤、長期的評估。圖一以流程的方式，說明五〇—七〇年代中的「成長與均富」，是透過何種機能才得以完成。此外，在表十中我評估上述的六種策略，在不同的年段中對所得的平均化大致有何種強度的影響。第四節為結論。我認為臺灣在五〇—七〇年代中的經濟成長，是運用適當發展策略的成果；而所得的平均化，則是運用這些發展策略時所未預期到的效果。這是因為它們的原始設計標的，除了土地改革之外，基本上都是在追求經濟的成長；均富的構想，要是有的話，不是首要目標。

❷ 臺灣在五〇—七〇年代間，所得不均度的長期趨勢，參見張清溪、劉鶯釧（一九八四，表一），或K-R-F (1981:92—3)。本文雖未列出詳表，但由下列簡單事實可見一般：一九六四年所有家計單位總收入的吉尼(Gini)指數是〇・三二〇八，一九七八年是〇・二八八七，一九八三年是〇・二九七。也就是說，自一九七〇年起，吉尼指數就在〇・三以下，在〇・二九和〇・二八之間小幅地波動。

## 一、歷史背景與發展的限制

大家都同意「均富」不純是經濟事件，它和長久累積下來的社會制度性因素有密切的關連。五〇—七〇年代的成長與均富，應可回溯到日本殖民時期的開發型態。

### 1. 成長與均富的歷史背景：一九四五年以前

一八九四年因朝鮮問題所引起的甲午戰爭，在很短的期間內就結束了。清廷於一八九五年所簽訂的馬關條約中，割讓臺灣及澎湖群島給日本。日本在克服某些地區性的抵抗之後，開始在明清墾殖經營的基礎上積極的開發。十九世紀末，日本進口糖的數量佔全國總進口額的百分之十以上，僅次於棉花或米。馬關條約所得的大量賠款，正好可用來開發國內糖業，但投資於北海道的甜菜糖並不成功，因而轉移目標，想開發當時產量不豐但已向日本輸出蔗糖的南臺灣。

日本佔臺初期，因為軍事行動與基本建設，向帝國政府要求很多津貼，國會議員甚表不滿，認為得到臺灣島並不合算，曾打算賣回給中國或法國。臺灣糖業的發展潛力，使得帝國議員認為臺灣自有其用處。所以臺灣是在這種情形下由殖民政府發展起來的（林景源，一九八一：八）。

在五十年的殖民經濟中，臺灣所扮演的是標準的殖民地角色：供給殖民國基本農產品（糖、米等）❸，同時也自殖民國進口工業產品。這是一種典型農工兩部門並存的雙元經濟發展模式：臺灣在這雙元經濟中扮演農業部門，提供原料與農業剩餘（資金）給工業部門（日本）。為了從新近取得的農業部門（臺灣）榨取更多的資源，第一步該做的就是提高它的生產力。這至少取決於兩項社會經濟的因素：勞力的品質以及生產運銷網。殖民政府除了由本國引入新的硬體（新的生產設備）外，也積極建設臺灣島內的軟體設施（如國民教育）。

由表二的第六項可以看出臺灣教育普及的程度與速度，教育是成本昂貴的投資，但日後證明這是有遠利的政策。自一九二〇年代起臺灣已有現代化的金融系統：有五家現代的銀行和五十家以上的分行，農村信用合作社式的組織，總數也在三、四百家。鐵路在臺灣西部已有相當的功能，此外，灌溉和電力方面在這五十年內也有了相當的基礎。這和西方國家在非洲、拉丁美洲或其他地區半掠奪性的殖民有顯著的不同。這是因為在政治上臺灣已列入日本版圖，在經濟上臺灣沒有豐富的自然資源，日本政府只好用密集、長期的投資來開發。

在這些積極的開發措施下，臺灣由傳統的農民經濟進為具有雛型工業的地區。勞動力的品質、公用事業網路、組織（控制）良好的社會基礎結構也都建立起來了。這些對一九四五

---

❸ 如L. Reynolds (1983:960) 所言：「日本傾力把臺灣島變為本國的飯碗」。

表一　臺灣的經濟結構：1912 –51 (%)

| | 農業 | 工業 | 礦業 | 林業 | 漁業 |
|---|---|---|---|---|---|
| 1912 | 50.8 | 45.5 | 2.5 | 0.1 | 1.1 |
| 1921 | 46.3 | 46.5 | 2.4 | 2.5 | 2.3 |
| 1931 | 38.6 | 54.5 | 2.5 | 2.0 | 2.4 |
| 1939 | 36.6 | 53.1 | 4.0 | 2.7 | 3.6 |
| 1951 | 45.1 | 44.1 | 2.1 | 3.0 | 5.7 |

資料來源：摘自Wu (1971:24)。

年以後的經濟成長，都是很重要的因素。

日本在臺灣的投資，在取向上是要把生產的基礎結構現代化。這種取向對戰後臺灣所得的平均化相當有利。因為，第一、把產業設在農業地區（如製糖業），可以就地吸收農業的剩餘勞力，這有助於減少農工兩部門間所得不均的差距。第二、原先幾乎全為日人控制的產業，戰後全被中國政府接收，改為公營企業，也因而避免了私人資產的過度集中。

由表一與表二中可以看出日據時期臺灣經濟情勢的概況。這些數字並不完全可靠，解釋時應注意。

### 2. 五〇年代的發展限制

半世紀的殖民成果可以簡述如下：(1)臺灣有個雛型的工業部門，以農產品加工業為主，以及少數的化學、金屬製造業（參見林景源，一九八一，第一章的統計）。(2)公用事業、生產、運輸、金融、社會控制系統等網路已建立。(3)勞工品質與生產力已大幅改善。一言以蔽之，邁向工業化的準備工作已大致完

表二　1945年之前臺灣經濟的成就

| | 1911—1920 | 1921—1930 | 1931—1940 | 1941—1950 |
|---|---|---|---|---|
| 1. 實質淨生產（農業部門） | 100 | 130 | 185 | |
| 2. 生產力（農業部門） | 100 | 130 | 165 | |
| 3. 就業（成長率） | 1.14% | 1.32% | 2.17% | |
| 4. 平均每戶種植面積(公頃) | 2.04 | 1.95 | 2.00 | |
| 5. 人口增加率 | 1.31% | 2.40% | 2.75% | 2.28% |
| 6. 教育程度（小學以上） | | 29.2% | 41.5% | 65.8% |
| | | (1922) | (1935) | (1944) |

資料來源：1.－4. 摘自Wu（1971，表2.2，2.4，2.5）；5. 摘自李登輝（1976，表9，10）；6. 摘自林景源（1981，表A–34）。

成。

五〇年代的發展約制大約有兩方面。政局的不穩不利於企業的投資活動，幣值的不穩也有礙物價的平穩。在經濟方面，臺灣的窘境是：(1)失去了中國大陸市場，(2)受到日本貨進口競爭的威脅，(3)缺乏國外市場，(4)缺乏外匯。在這種情勢下應採取哪種發展的取向？要運用哪些策略才能達到預期的目標？

有些開發中國家採取資本密集型的工業化取向，認為這些前導產業可以帶動其他部門跟著發展起來，以減少與先進國家之間的差距。某些開發中國家則繼續發展戰前（殖民時期）的生產方式，這樣就不需要立即湊出所需而正缺乏的大量資金。這是臺灣和其他幾個亞洲開發中國家的發展模式：基本上是勞動密集型的農產品加工業，一方面這不需要大量的資金，另一方面正好可以吸收剩餘的勞動力。這種方式沒有立竿見影的效果，但可以逐步較不費力地解除發展障礙。

## 二、發展策略與均富

本節評估四〇年代末到七〇年代之間，對成長與均富有影響的六項策略（措施）。之後，在第三節的表十比較這六項措施在五〇、六〇、七〇年代中，對成長與均富的影響強度。

### 1. 移轉農業剩餘

Fei and Ranis (1964:23)對農業剩餘的定義是：「農業的總產出，超過農業勞動力消費需求的部分。」廣義地說，農業剩餘可包括勞動力和資金兩種。在開發中的經濟裡，先是以農業部門為主，工業部門相對地薄弱。經濟的重心，在發展的過程中逐漸由農業部門轉向非農業部門，這就是雙元經濟發展的模式。雙元經濟發展的初期階段中，工業化需要大量的資金。除了外援（如美援）外，政府通常是在國內的農業部門尋求所需的資金。大致說來，農業部門的資金，是透過制度性的方式，和（或）市場的機能來達成。日本、俄國以及某些新興工業化中的國家（如臺灣），都是在這種模式下榨取農業剩餘，然後移轉到非農業部門去運用。

農業部門剩餘資金的移轉，對臺灣所得的平均化起過很重要的作用。這是因為這筆農業剩餘轉入工業部門後，被用來當成「工資基金」[4]，用以吸收從農業部門移到工業部門就業的過剩勞力。要把農業部門的過剩勞力移轉到工業部門，在農業部門需要有一種推力：勞動力過剩的壓力；在工業部門要有一種拉力：就業機會與較高的工資。工業部門當時規模尚小，所需要的發展資金有一大部分是由榨取來的農業剩餘供應，當作上述的「工資基金」。臺灣是募集這項「基金」很成功的例子，所使用的方法如下：

第一，也是最重要的一項，是強制性的稻米收購制度。政府對稻米的收購價格比市價低了許多：一九八四年時的官價是市價的一三・一％（最低記錄），一九四九年時是三五・二％（見林景源，一九八一：三二，表三－七）。五〇年代中，提高至五七・八％到七七・八％之間，另見表四第三欄的比率。李登輝（一九七六：七〇，表三九）估計，政府在一九五〇－六〇年間所徵收的稻米，佔稻米總銷售量的一半以上。這種在制度上以不公正的價格強制收購，稱之為剪刀價格。

第二是肥料換穀制。這項制度主要是對化學肥料的配銷所擬訂，用意在使政府能從耕種者直接徵收更多的稻米。政府以較市價高的肥料價格，獨佔地賣給農民，農民須以稻米付款

❹ 所謂工資基金，是一種想像的、理論上的基金，目的在說明：農業部門的資金被榨取移轉到工業部門後，這筆資金在工業部門可用來投資工業，創造就業機會，吸收由農業部門轉入工業部門的剩餘勞工。此外，這個「基金」是多用途的，亦可用於教育、國防上。

表三　稻穀徵收的數量與比例：1952－71

| | 總徵收量(千公噸) | 田賦徵實與強制收購(%) | 肥料換穀(%) | 米穀償貸(%) | 地價繳穀(%) |
|---|---|---|---|---|---|
| 1952 | 429 | 33.6 | 60.6 | 5.8 | |
| 1955 | 519 | 21.0 | 60.0 | 6.6 | 12.4 |
| 1960 | 466 | 28.7 | 62.9 | 4.9 | 3.5 |
| 1965 | 653 | 30.1 | 60.8 | 7.6 | 1.5 |
| 1970 | 499 | 39.5 | 56.2 | 3.9 | 0.4 |
| 1971 | 450 | 44.6 | 50.7 | 4.6 | 0.1 |

資料來源：Kuo (1983: 34)。

的方式，而稻米的價格是官方訂的。據林景源（一九八一：三二，表三－七）估計，政府在五〇年代中，從這項制度的交易中約得到五四％到七一％的利潤率。

由表三和表四可以看出農業剩餘資金的數額和重要性。表三說明一九五二－七一年間徵收稻米的數量，以及透過不同方式所徵得的比例。最重要的一項是肥料換穀制，其次是田賦徵實與強制稻米收購制。其他兩項則相對地次要。

此外，也有一種所謂的隱藏稻米稅。例如，依耕者有其田條例取得土地的農民，須以實物（稻米）償付地價，稱為地價繳穀，而官方穀價又遠低於市價，所以等於農民要付更多的稻米，這就是隱藏的稻米稅。表四第四、五欄，分別列舉隱藏稻米稅相對於農業土地稅、所得稅的比例。在五〇－六〇年代中，這兩項比率都相當高，甚至達三倍以上（三一一・六％）。一九七〇年以

表四　稻穀徵收制所得利潤（隱藏米稅）：1952–71

| | 市　價(P)<br>(每公噸新臺幣元) | 政府收購價格(P1)<br>(每公噸新臺幣元) | P1/ P | 隱藏米稅與總農業土地稅之比(%) | 隱藏米稅與總所得稅比(%) |
|---|---|---|---|---|---|
| 1952 | 1,868 | 1,071 | .573 | 289.8 | 107.2 |
| 1955 | 2,698 | 1,663 | .616 | 238.7 | 106.1 |
| 1960 | 4,913 | 2,788 | .567 | 311.6 | 104.6 |
| 1965 | 5,045 | 3,375 | .669 | 170.5 | 82.5 |
| 1970 | 5,555 | 4,418 | .795 | 52.2 | 14.3 |
| 1971 | 5,574 | 4,658 | .836 | 35.1 | 8.5 |

資料來源：摘自Kuo (1983: 35–36)。

後因工業部門已茁壯，這種榨取農業剩餘資金的方式就逐漸放棄，轉而以工業部門來支持農業部門了。

從經濟成長的觀點來看，幼稚工業部門發展初期所需的資金，大部分取之於農業部門，透過制度性或市場機能的手段榨取後轉用於工業部門，這對促進經濟的成長有絕對的重要性，但這種效果很難數量化表示。很可確信的是，在一九五〇—六〇年代資金缺乏的時期，這項策略對經濟成長起過決定性的作用。

從所得分配的觀點來看，農業剩餘資金移轉到工業部門，當成了工資基金。這一方面吸納了農村原來過剩的勞動力，使得農村的負擔減輕，平均及邊際生產力得以提高，平均收入得以提昇。另一方面，農村過剩的勞動力（他們的邊際生產力為零）轉入工業部門後，成為有效的勞動力，這是工業部門的新生力軍；他們的勞動所得在中國式的家族觀念下，會匯回一部分給在農業部門的家中，這對減少農工兩部門間的所得差距有減緩之功。

### 2.勞動密集式的生產，並以出口為導向

如上所述，臺灣所得的平均化，在五〇—七〇年代之間，有一部分可歸功於工業部門吸納了農業部門的剩餘勞力。在工業部門這方面，臺灣所採取的策略是勞動密集的生產方式，並且以出口為主要導向。這種策略一方面促進了GNP的成長，同時也減緩了農工兩部門間的所得差距。

現在把焦點放在出口的就業效果上，說明出口的勞力吸收效果。表五說明在三個不同時段中，在不同部門內影響就業擴張的來源。從表五的第四欄中可見，在高經濟成長率的五〇—七〇年代中，出口對全臺灣經濟的就業貢獻在二〇%到二七%之間。更值得注意的是，出口在製造業部門中所創出的就業效果，約佔了五〇%到六〇%。大致說來，出口策略在六〇—七〇年代之間，大約創造了臺灣二五%的就業機會，而其中勞動力的主要來源是農村，這項策略或許是對臺灣成長與均富最有貢獻的一項。

### 3.非都市化的產業區位

把農業部門的過剩勞力移轉到工業部門，對經濟發展而言是一件相當有貢獻的事，但農民的土地固著性通常會減弱勞動力的流動性。這種社會文化上的因素不易用政策手段解決，

表五　就業擴張的來源（依部門別）：1961 –76

| | 就業增加人數（千人）1 | 因生產量擴張(%) 2 | 因國內市場擴張(%) 3 | 因外銷擴張(%) 4 | 因外銷到開發中國家(%) 5 | 因外銷到已開發國家(%) 6 |
|---|---|---|---|---|---|---|
| 1961–66 | | | | | | |
| 農　業 | 58 | 47 | 32 | 14 | 11 | 3 |
| 製造業 | 139 | 117 | 51 | 50 | 21 | 29 |
| 服務業 | 193 | 47 | 41 | 13 | 7 | 6 |
| 全臺灣 | 377 | 59 | 39 | 20 | 11 | 9 |
| 1966–71 | | | | | | |
| 農　業 | 49 | 23 | 25 | 9 | 6 | 3 |
| 製造業 | 493 | 99 | 29 | 59 | 44 | 15 |
| 服務業 | 481 | 47 | 38 | 13 | 10 | 3 |
| 全臺灣 | 1,015 | 49 | 32 | 22 | 17 | 5 |
| 1971–76 | | | | | | |
| 農　業 | –16 | 6 | 4 | 2 | 2 | 0 |
| 製造業 | 516 | 74 | 15 | 60 | 44 | 16 |
| 服務業 | 418 | 38 | 27 | 16 | 12 | 4 |
| 全臺灣 | 925 | 46 | 21 | 27 | 21 | 6 |

資料來源：摘自Kuo-Ranis-Fei (1981:127)。

表六　就業地區之分佈：1930 –66

| | 1930 | | 1956 | | 1966 | |
|---|---|---|---|---|---|---|
| | 城 市 | 鄉 村 | 城 市 | 鄉 村 | 城 市 | 鄉 村 |
| 總　　計 | 12.2 | 87.8 | 35.3 | 64.7 | 39.1 | 60.9 |
| 農　　業 | 1.8 | 98.2 | 14.7 | 85.3 | 13.5 | 86.5 |
| 礦　　業 | 15.2 | 84.8 | 59.1 | 40.9 | 55.0 | 45.0 |
| 製 造 業 | 37.4 | 62.6 | 62.8 | 37.2 | 58.7 | 41.3 |
| 建 築 業 | 32.5 | 67.5 | 65.1 | 34.9 | 63.7 | 36.6 |
| 公用事業 | 46.2 | 53.8 | 68.2 | 31.8 | 66.8 | 33.2 |
| 商　　業 | 31.9 | 68.1 | 61.1 | 38.9 | 59.4 | 40.6 |
| 運輸交通業 | 40.1 | 59.9 | 69.2 | 30.8 | 67.1 | 32.9 |
| 服 務 業 | 41.5 | 58.5 | 57.9 | 42.1 | 53.4 | 46.6 |
| 其　　他 | 25.8 | 74.2 | 50.4 | 59.6 | 31.6 | 68.4 |

資料來源：摘自S. Ho (1979:82)。

臺灣並未遇到此種困境，是因為產業區位分散之故。也就是說，勞動力很容易，就移轉入位於鄉村（鎮）地區的工業部門。一九三○年的一項產業調查報告指出，當時糖業的生產約佔所有工廠生產量的五○％，食品加工業工廠，約佔登記營業工廠總數的六四％，這說明臺灣在殖民時期的產業結構是以農業產品加工為主。這些工廠也大都區位在鄉村地區，以便就近取得勞力、減低運輸費用。也就是說，臺灣產業的區位，不是像某些開發中國家那種都市化的資本密集產業型態。

表六依產業別，大致劃分就業人口在城市、鄉村地區的分佈。在總計項中，分佈在鄉村的就業人口比例，由一九三○年的八七、八％，降到一九五六年的六四．七％，到一

表七　生產額依公民營企業區分

| | 總計 | | 礦業 | | 製造業 | |
|---|---|---|---|---|---|---|
| | 民營 | 公營 | 民營 | 公營 | 民營 | 公營 |
| 1952–1955 | 45.9 | 54.1 | 71.6 | 28.4 | 47.4 | 52.6 |
| 1956–1960 | 50.2 | 49.8 | 75.2 | 24.8 | 54.0 | 46.6 |
| 1961–1965 | 55.2 | 44.8 | 80.1 | 19.9 | 59.2 | 40.8 |
| 1966–1970 | 67.8 | 32.2 | 75.3 | 24.7 | 74.0 | 26.0 |
| 1971–1975 | 86.0 | 19.4 | 81.8 | 19.2 | 85.7 | 14.3 |
| 1976–1980 | 81.4 | 18.6 | 75.8 | 24.2 | 86.2 | 13.8 |

資料來源：由Taiwan Statistical Data Book (1982:81)計算而得。

九六六年的六〇・九％，並且有往下續降的趨勢。從所得分配的角度來看，臺灣產業發展的策略是延續殖民時期的農產加工業，是屬於勞力需求高的勞動密集生產，而且又多位於離勞力供給地不遠處，所以上述「工資基金」的功能就容易發揮作用，從而減少農村與城市間的所得差距。

4.公營企業

一九四五年殖民政府留下了二十二座大型工廠，國民政府在一九四五—一九四九年間，也搬運了一些產業設備來臺，這兩項是五〇—六〇年代間臺灣公營企業的主要成員。表七說明公營在經濟體系中重要性的演變。五〇年代中，公營企業的重要性，減緩了經濟發展初期私有資產過度集中化的可能，也有助於緩和日後所得不均的可能。

### 5.土地改革

殖民政府並未積極防止臺灣的土地集中，這或許是因為某種程度的土地集中，能穩住地方商紳階段，可作為當局與農業人口之間的控制管道。國民政府在一九四九年遷臺後積極進行土改。就政治意義來說，這項改革能減弱地方既存的商紳勢力，並藉土地所有權的重分配贏取農民階層的向心力。就經濟意義來說，土地改革一方面能減少地主階層的資產集中，另一方面則誘導他們的資金及經濟活動，轉向新興發展中的工業部門。

這在五〇年代初期，是一項對所得平均化與工業化相當重要的措施。這項改革包括三項步驟：一、三七五減租（一九四九年），規定地租的上限在主要作物正產品全年收穫總量的三七・五%以下，相對於從前大約在五〇%以上。二、公地放領（一九四八年起），即是把公有地放給耕農承領。至一九五八年止，約有九十一萬甲（當時臺灣可耕地的二五%）由十四萬戶左右的農家承領，這些公有地原屬殖民政府。一九四八—五三年間，臺灣公有可耕地中約有七八%是以這種方式售予農民。三、耕者有其田（一九五三年），這是最有衝擊性的措施：規定地主可以保留一部分土地（多寡依不同情況而定），其餘的土地由政府徵收再放領給農民。地主地價以耕地主要作物正產物全年收穫量二倍半計算，由政府以實物土地債券七成、公營事業股票三成補償。

## 表八　土地改革的經濟效果

| | | 農作物生產指數 | 勞動生產力指數 | 土地所得額份(%) | 資本所得額份(%) | 勞動所得額份(%) |
|---|---|---|---|---|---|---|
| 土地改革之前 | 1941 | 100.0 | 100.0 | 52.20 | 11.48 | 36.32 |
| | 1942 | 102.6 | 100.2 | 51.99 | 11.44 | 36.07 |
| | 1943 | 96.4 | 95.0 | 45.65 | 10.04 | 44.31 |
| 土地改革之後 | 1953 | 133.9 | 111.5 | 37.39 | 8.23 | 54.38 |
| | 1954 | 135.6 | 116.7 | 38.05 | 8.37 | 53.58 |
| | 1955 | 133.5 | 122.8 | 38.19 | 8.40 | 53.41 |
| | 1956 | 145.4 | 128.5 | 36.28 | 7.98 | 55.74 |

資料來源：邊裕淵（1979: 103表20）。

## 表九　租稅對所得稅分配的效果：1964–78

| | 課徵直接稅之前的吉尼指數 (1) | 課徵直接稅之後的吉尼指數 (2) | (1) / (2) |
|---|---|---|---|
| 1964 | .3282 | .3275 | 1.002 |
| 1966 | .3301 | .3279 | 1.007 |
| 1968 | .3348 | .3309 | 1.012 |
| 1970 | .2991 | .2961 | 1.010 |
| 1972 | .2953 | .2912 | 1.014 |
| 1974 | .1996 | .1949 | 1.016 |
| 1976 | .2894 | .2845 | 1.017 |
| 1978 | .2888 | .2853 | 1.012 |

資料來源：Kuo-Ranis-Fei (1981: 140)。

土地的財富重分配數額（即土地市價和政府轉售給農民價格間的差價總額），約為一九五二年臺灣國內生產毛額的一三%(S. Ho 1978:166)。土地改革的經濟與所得分配效果，由表八可見一斑。表八中的生產指數、平均工作日、生產力等等，在土改後都明顯增加。但這也應歸一部分功勞於技術進步等因素。在所得分配方面，土地與資本的所得額份顯著減少，勞動所得額份大幅提升。這顯示土改減少了資產（土地）所得的不均，並提升了勞動所得額份。

### 6.租稅效果

課稅是減低財產所得不均最直接有效的手段。但依表九看來，它在六〇—七〇年代間對臺灣所得不均降低的貢獻並不顯著。我們可以觀察稅前和稅後吉尼指數的變化，來說明課稅對所得平均化的效果。如表九所列，一九六四—七八年間，吉尼指數因課稅而引起的變動，只在〇・〇〇二%到〇・〇一七%之間。這說明課稅對財富的平均化，雖有正面效果但重要性不高。

## 三、總評估

### 1.開放雙元經濟發展下的成長與均富

上面解釋過五〇—七〇年代間所運用的發展策略，現在可以用兩種方式來摘述、分述這

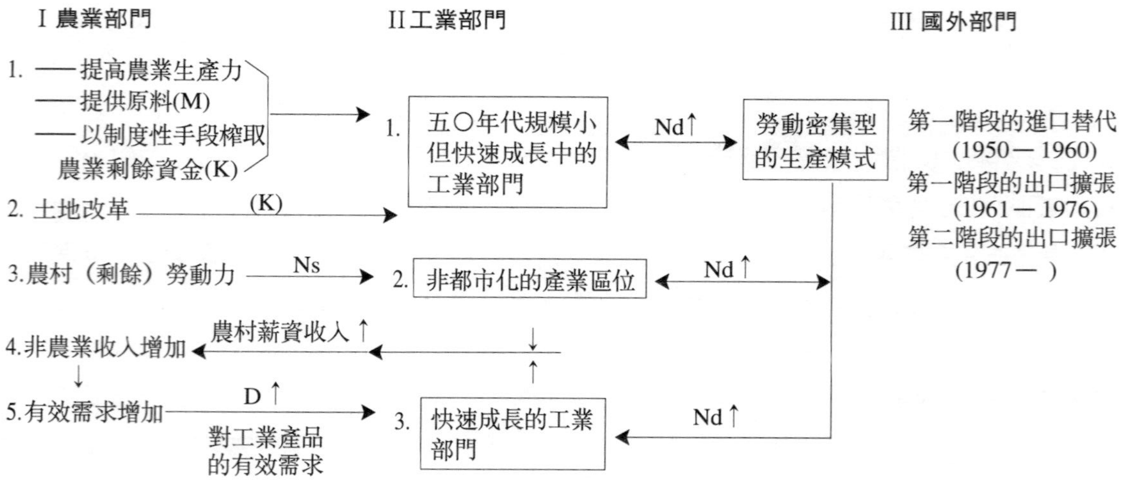


圖一 臺灣開放雙元經濟的發展過程

## 表十　經濟發展策略（措施）對成長與均富的貢獻：1950s–70s

φW：薪資額部分（成長）　　φπ：資本額部分（成長）

GW：薪資不均度（↓表平均化）　　Gπ：資本利得不均度（↓表平均化）

GY：總體的所得不均度

| | φW↑ | | | φπ↑ | | | GW↓ | | | Gπ↓ | | | GY↓ | | |
|---|---|---|---|---|---|---|---|---|---|---|---|---|---|---|---|
| | 50s | 60s | 70s | 50s | 60s | 70s | 50s | 60s | 70s | 50s | 60s | 70s | 50s | 60s | 70s |
| 1.移轉農業剩餘資金 | + | + | | + | + | | | | | | | | + | + | |
| 與勞動力 | + | + | | + | + | | | | | | | | + | | |
| | + | | | | | | | | | | | | | | |
| 2.勞動密集式生產方 | + | + | + | + | + | + | | | | | | | | + | + |
| 式，以出口為導向 | | + | + | | + | + | | | | | | | | + | + |
| | | + | | | + | | | | | | | | | + | |
| 3.非都市化的產業區 | + | + | + | | | | + | + | + | | | | + | + | + |
| 位 | +* | + | + | | | | + | + | + | | | | | + | |
| | | +* | * | | | | | | | | | | | | |
| 4.公營企業 | | | | | | | | | | + | | | | | |
| | | | | | | | | | | + | | | | | |
| 5.土地改革 | | | | | | | | | | + | | | | | |
| | | | | | | | | | | + | | | | | |
| | | | | | | | | | | + | | | | | |
| 6.租稅效果 | | | | | | | | | | | + | + | | + | + |

+++：強度正面效果

++：中度正面效果

+：低度正面效果

*：農村家計單位

注意：本表純屬作者個人的評價。某些影響的強度甚難判斷，因此本表僅供參考用。

些策略（措施）的效果。第一、在圖一中說明臺灣在雙元經濟發展的模式下，如何同時達到成長與均富。第二、依不同時期來比較不同的發展策略對所得分配的影響強度（表十）。

圖一以農業、工業、國外三個部門，來說明臺灣開放雙元經濟的發展過程。先從農業部門說起，這個部門扮演著提供食糧與原料的角色，尤其在五〇—六〇年代。農業部門生產力的提高，除了供應農業部門內的消費外，還累積了可供移轉的農業剩餘（資金）。透過制度上的手段、土地改革、市場機能，該部門的剩餘資金（K）以及原料（M），得以移轉到規模小但積極成長中的工業部門。

工業部門的成長，一部分歸諸國內需求的提高，另一大部分則歸功於國外需求的大幅擴張。這個快速成長的部門對農業部門的勞動力需求很高(N$d$)；由於產業區位的非都市化，農業部門的勞動供給(N$s$)得以較不困難地被吸納入工業部門。

國外部門所採的生產型態是勞動密集式的技術，因而提供大量的就業機會給快速成長中的工業部門，轉而解決了「隱藏性失業」的問題。國外部門創造了就業機會(N$d$)給工業部門，農業部門則提供了工業部門所需的資金與勞動力。換句話說，農業—工業—國外三部門緊密地連結在一起，相互支援各部門的成長。臺灣的經濟成長，基本上是在這套機能下的成果。

所得之所以能平均化，主要是由於勞動密集型的生產方式。它解決了隱藏性失業的問題，再加上非都市化的產業區位更能給農家帶來重要的薪資收入，也因而減緩了農工兩部門間的所得差距。

### 2.發展策略與所得分配

影響所得分配的因素，大約可分為三類：(1)經濟因素：例如該經濟的天然資源秉賦、農工部門的生產力、租稅結構、所採用的發展策略等等。(2)政治因素：官僚的結構、政府的權力程度、殖民關係、政策的意識形態等等。(3)社會文化因素：文盲率、都市化的程度、社會階層結構等等。

從減低全國所得不均的角度來看，開發中國家的政府選擇適宜的發展策略，比強調改善人力資源的素質或推行其他特殊的均富措施都來得重要，原因是這些政府蓄意推行的反所得不均措施通常成效有限。Adelman and Rodinson (1978:17)對這點的解釋是：「大部分的獨立干預措施，即使強有力大規模地推行，都沒有長效。只有在不同的干預政策同時採行，也就是在發展策略上有所變更時，才可能有較具規模或長久的效果。」

## 四、結論

分析至此，我們可以給五〇—七〇年代間在臺灣運用的發展策略，對成長與均富影響的程度作一全盤評估。表十摘述各項策略（措施）在不同時期的影響。當然這個表只是指示性的，因為這些效果的強度很難予以數量化。由表十可以看出，在這六項中只有前三項對成長與均富有顯著的貢獻，其他三項只有次要或間接的效果。

臺灣一直沒有明確的所得平均化政策。關於這一點，有一項間接的證據：就是全國家計總收入中，移轉所得在一九六四—八三年間最高是五・七六％，最低是四・二○％（《臺灣地區個人所得分配調查報告》，一九八三：一五）。臺灣的成長與均富是源自選擇了「正確」的發展策略；在時間的配合上，不同的策略在不同的時期也正好很能發揮作用；更「幸運」的是，在五○年代之前已有了許多「良好」的制度性基層建設。

我們可以下結論說，臺灣在五○—七○年代的經濟成長是運用了適當策略的結果，而均富則是一項始未料及的良好副產品。這是因為那一時期內所運用的大部分措施中，既不是為了反所得不均而設計，也沒預期到會有反所得不均的效果。

## 參考書目

李登輝，一九七六，《臺灣農工部門間之資本流通》，臺銀：臺灣研究叢刊第一○六種。

林景源，一九八一，《臺灣工業化之研究》，臺銀：臺灣研究叢刊第一一七種。

張清溪、劉鶯釧，一九八四，〈我國所得分配統計之檢討〉，統計學會年度論文。

邊裕淵，一九七九，《臺灣所得分配之研究》，中研院三研所叢刊第一版。

Adelman, I and S. Robinson, 1978, *Income distribution policy in developing countries: a case study of Korea,* Oxford University Press.

Barrett, R. and M. Whyte, 1982, “Dependency theory and Taiwan: an analysis of a deviant case, ” *American Journal of Sociology,* 87:1064–1098.

Fei, J. C. and G. Ranis, 1964, *Development of the labor surplus economy: theory and policy,* Homewood: Richard D. Irwin Inc.

Fei, J., G. Ranis and S. Kuo, 1979, *Growth with equity: the Taiwan case,* Oxford Univ. Press.

Galenson, W. ed. 1979, *Economic growth and structural change in Taiwan,* Cornell University Press.

Ho, S., 1978, *Economic development of Taiwan, 1869–1970,* Yale University Press.

Ho, S., 1979, “Decentralized industrialization and rural development: evidence from Taiwan”, *Economic Development and cultural change,* 28:77–96.

Kuo, S., G. Ranis and J. C. Fei (K-R-F), 1981, *The Taiwan success story: rapid growth with improved distribution in the Republic of China, 1952–1979,* Colorado: Westview Press Inc.

Lee, T. H., 1971, *Intersectoral capital flows in the economic development of Taiwan,* Cornell University Press.

Lin, C. Y., 1973, *Industrialization in Taiwan, 1946–1972,* New York: Praeger.

Reynolds, L., 1983, "The spread of economic growth to the third world: 1850–1980," *Journal of Economic Literature,* 21: 941–980.

Wu, R. I., 1971, *The strategy of economic development: a case study of Taiwan,* Ph.D. Thesis, Louvain: Vander.

《清華經濟》第一期
一九八六年五月

# 依賴經濟下的市場結構與所得分配

## ——以臺灣為例：一九五二—一九八六

### 摘要

一九七〇年代流行的依賴理論，大都在探討南美洲國家的情形，也大都在討論經濟依賴、經濟成長、所得不均之間的關係，亞洲的例子則較少有深入的探討。本文試圖在現有的文獻之上，進一步往較個體經濟的層面上，研討經濟依賴與市場獨佔之間的關係。核心的命題是：對先進國家經濟的依賴度愈高，是否會使得開發中國家(LDCs)的經濟停滯、市場結構愈傾向獨佔化、所得分配更不平均？這項理論是Merhav (1969)提出的，但一直都沒有實際的驗證。本文以臺灣的資料（一九五二—八六）來闡釋這項假說，所得到的結論如下：(1)對外依存度的逐年昇高，對臺灣的經濟成長有助益；(2)臺灣的市場結構近年來有更獨佔化的傾向；(3)臺灣的所得分配曾經平均化過，但大約從一九八五年起有惡化的傾向。

## 一、命題與假說

### 1. 前言

經濟發展與產業經濟學這兩個領域的文獻，到目前為止較少注意到 LDCs 市場結構的本質、經濟效果，以及如何受國外部門的影響。本文的主旨在檢驗一項由Merhav (1969)所提出的理論，探討經濟依賴❶、市場結構❷、所得分配三者之間的關係，並用臺灣的資料來驗證。第一節建構一個完整的流程圖（圖一），把Merhav 的理論用另一種方式表達得更具體。透過圖一我們可以說明，為什麼依賴的LDCs通常（在理論上）會有較高的市場獨佔度，市場內也

---

❶ 經濟依賴的意義是說，一個開放性的開發中國家，在相當大的程度上依賴先進經濟的市場、技術與資金。臺灣、南韓、拉丁美洲的國家都是屬於這一類型的經濟。

❷ 市場結構這個名詞的涵義很廣，產業經濟學的文獻對此也有不同的內容指涉，但大家共同認知的要素包括：⑴產業的集中程度、⑵進入的障礙、⑶產品的差異化、⑷成本的結構、⑸垂直或水平整合的程度。最基本的文獻請見Scherer (1980 p. 4)。本文所謂的市場結構狹義的，單指第一項的「產業集中度」而言。

會有較高的勾結行為，產生較不效率的經濟成果，隨之而得的惡果是所得分配更不平均，社會福利的損失也比已開發國家(DCs)更大。第二節用一九五二—八六年間的資料來描述臺灣產業結構的特質（表一）、市場結構的變動趨勢（表二），以及經濟發展的過程（表三）。全文的結論是：Merhav的理論和臺灣的歷史情境雖然不完全吻合，但這項有意義的理論值得再用其他LD Cs的資料做不同的驗證。

## 2. 理論

Merhav (1969)的主旨大略可以綜述如下：

㈠LDC的工業產品市場愈小，則（工業）市場的集中度愈高。

工業產品市場小，廠商數也較少，隱含著有較高的產業集中度。原因是小的市場規模使廠商之間較易勾結，因此不會透過既存廠商之間的競爭機能提高經濟效益。依照Merhav 的看法，LDCs的市場結構一開始就屬於較獨佔性，又因為LDCs的產業市場小，而使得原來就較獨佔性的市場結構更易勾結而益發獨佔化(Merhav 1969: 41, 65, 76)。

㈡依賴經濟的LDCs，其獨佔性的市場結構是持續的，或甚至愈來愈惡化。

在落後經濟狀態下的獨佔和寡佔，其結構通常不易改變，一旦其結構成形，則會強烈地抵擋要使其變動的因素。Merhav (1969: 53–5, 82, 101)認為，由於市場小而且集中度高，LDCs

對DCs的技術依存會使既存廠商的主宰地位更強化。原因是對DCs的技術依存，會提高其他廠商的進入障礙，使既存的廠商可以獲得更多的獨佔性利潤。此外，這套過程也會把有限的資本從較無獨佔力的部門奪到較獨佔性的部門去，因此市場結構益發獨佔化。

㈢依賴的LDCs，其獨佔化市場結構會阻礙經濟成長，增大所得差距。

熊彼德的理論說，工業化的經濟透過R&D提供創新的環境，而創新就是經濟成長的主力。也就是說，獨佔是進步所不可忽視的條件，獨佔利潤是成長的主流。但LDCs的獨佔，Merhav則認為會導致停滯，因為獨佔者會以較低的生產量供應市場，而且還會採高位定價。此外，獨佔利潤會加大資本家和工人之間的所得差距。

以上三點可以簡化為：

市場規模小 → 市場集中度高 + 對DCs的技術依賴 → 使獨佔結構更強 → 經濟停滯與所得不均

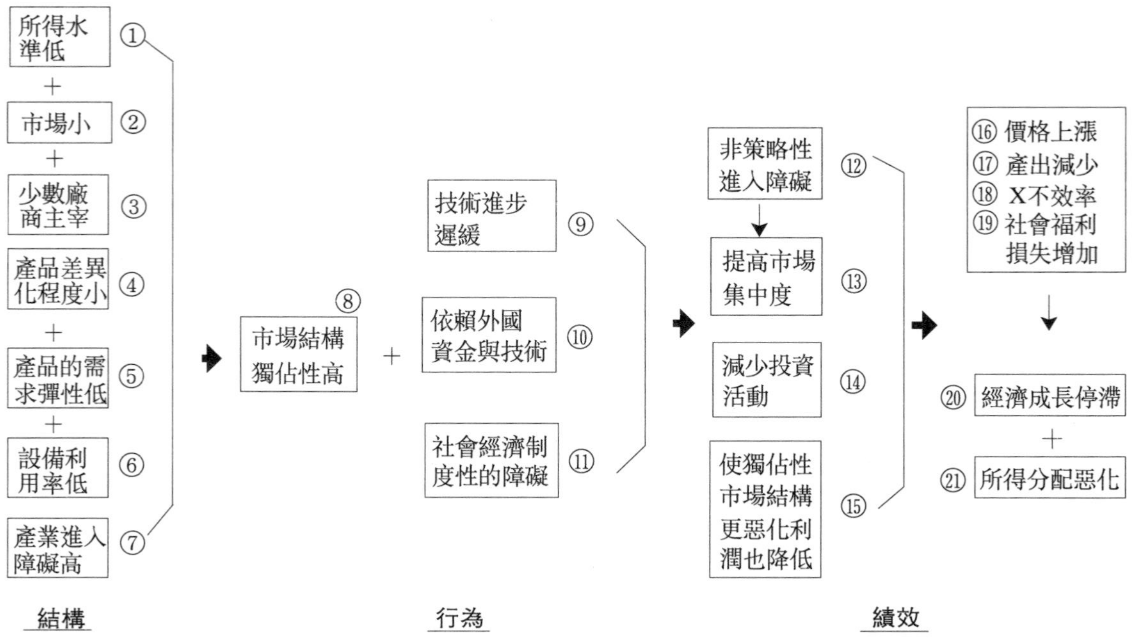


圖一　依賴的開發中經濟下，市場結構獨佔化，經濟成長停滯，所得分配惡化

就文體而言，Merhav的著作是屬於描述性的，沒有實證資料來驗證他的理論，或許因此而很不受到注意。圖一嘗試著把他的文字性理論分析，轉換為較易判讀的流程圖，並擴充成為較完整的體系。以下依照圖一的流程編號解說。

先看「結構」(structure)的部分。①所得水準低，導致②工業產品市場小。這種小規模的市場，通常是③由少數（國內與國外）廠商控制。所以①+②+③會使得④產品的多樣性降低，產品的差異化不大，⑤產品市場的需求彈性也不大。此外，由於市場規模小，有效需求低，因此⑥設備利用率低，閒置比率高。這些都會使⑦進入障礙提高。以上這些因素使得⑧LDCs的市場結構一開始就是獨佔性或是寡佔性的。

其次看廠商的「行為」(conduct)。獨佔性的結構會被下列的行為更強化。通常LDCs的技術水準低落、市場刺激小、利潤率低（因為設備利用率低、市場拓展慢），所以⑨技術進步緩慢。大多數的LDCs無法供應本身所需的技術，因此⑩對DCs的技術依賴度高。此外，既有的社會經濟條件也大都有利於既存的獨佔性情勢：(a)有限的資本資源有利於獨佔大廠商；(b)獨佔性廠商的設備、新知、企業能力較強。有了以上這些因素（有時還不止），會更⑫提高非策略性的進入障礙，使得⑬市場集中度更高。但這並不意味著利潤率也高，因為同時也存在高的X不效率、市場拓展慢等等，因此⑭投資意願不高。由①到⑭的過程，使得⑮獨佔性的市場結構穩定下來，或甚至更加惡化。

再看「績效」(performance)部分。市場結構既然是獨佔性的，所以會比競爭性的市場⑯產品價格高、⑰產品供應量低，這些都是基本廠商理論上所說的。這種低競爭性，易導致⑱X不效率。因此（從⑯到⑱）獨佔市場會使得⑲社會福利損失增加（死三角擴大）。從而，⑳經濟成長停滯或衰退，這也通常伴隨著㉑所得差距的擴大：獨佔性部門利潤較傳統（農業）部門高、資本利得高。

前述的惡性循環，是Merhav從技術依賴的觀點來看，我以較詳明的方式用圖一來補充說明他的論點。依他看，依存於DCs的LDCs經濟前途不妙；他所提出的策略，是LD Cs要趕快採用現代技術以脫離落後的陷阱。但這麼做的話，依圖一的邏輯，會導致停滯、擴大所得差距、市場更獨佔化(Merhav 1969: 199–200)。

## 二、臺灣的例證

### 1. 產業結構

表一的用意是運用較微觀層次的資料，來呈現臺灣產業部門的主要特徵。所根據的資料是行政院主計處每五年所做的《臺閩地區工商業普查報告》。這項自一九五四年起持續進行

## 表一　臺灣的廠商結構與就業結構：1954–86

### (1) 廠商結構

| | 1954 | 1961 | 1966 | 1971 | 1976 | 1981 | 1986 |
|---|---|---|---|---|---|---|---|
| 總數 | 127,978 | 179,680 | 217,651 | 275,269 | 422,129 | 513,413 | 627,012 |
| 礦業土石採取業 | 0.20% | 0.51% | 0.36% | 0.29% | 0.25% | 0.18% | 0.15% |
| 製造業 | 31.11% | 28.70% | 12.73% | 15.49% | 16.47% | 17.83% | 19.10% |
| 水電瓦斯業 | 0.12% | 0.09% | 0.06% | 0.05% | 0.01% | 0.01% | 0.11% |
| 營造業 | 2.07% | 2.40% | 2.18% | 2.12% | 2.04% | 2.44% | 2.32% |
| 商業 | 46.80% | 50.05% | 56.91% | 62.28% | 62.70% | 61.42% | 57.16% |
| 運輸倉儲及通訊業 | 0.83% | 0.90% | 1.49% | 1.76% | 1.88% | 2.95% | 5.58% |
| 服務業 | 18.85% | 17.36% | 26.26% | 18.01% | 16.65% | 15.16% | 15.58% |

### (2) 就業結構

| | 1954 | 1961 | 1966 | 1971 | 1976 | 1981 | 1986 |
|---|---|---|---|---|---|---|---|
| 總數 | 620,614 | 978,311 | 1,528,668 | 2,399,835 | 3,709,630 | 4,410,702 | 5,213,634 |
| 礦業土石採取業 | 8.93% | 8.58% | 5.55% | 2.90% | 1.78% | 1.01% | 0.48% |
| 製造業 | 49.93% | 45.55% | 38.20% | 49.43% | 51.03% | 49.83% | 53.50% |
| 水電瓦斯業 | 1.27% | 1.50% | 1.16% | 0.81% | 0.66% | 0.72% | 0.77% |
| 營造業 | 1.47% | 2.30% | 1.20% | 7.94% | 8.87% | 9.59% | 6.80% |
| 商業 | 19.02% | 19.86% | 19.89% | 20.05% | 22.02% | 22.32% | 21.33% |
| 運輸倉儲及通訊業 | 5.09% | 7.86% | 7.23% | 7.22% | 6.57% | 6.77% | 6.38% |
| 服務業 | 13.96% | 14.34% | 16.00% | 11.64% | 9.02% | 9.37% | 10.53% |

資料來源：計算自《臺閩地區工商業普查報告》，1976年（卷1，104–5頁）；1981年（卷1，6–10頁）；1986年（卷1表2）。

的資料較可靠，因為是採用實際的調查數據而非抽樣的「估算」。我們選擇兩項數字（廠商數與就業人數），並計算其百分比的分佈，用以顯示臺灣產業結構的變動趨勢。表一的內容簡單明白不待細說，在此說明幾項特點。

從數量來看，廠商總數在一九五四—八六年間增長四倍左右（見表一的「總數」），主要分佈在製造業、商業和服務業三個部門之內。商業部門所佔的百分比一直都是最高，或許可視為臺灣經濟體系內商業化的程度。廠商的密度相當高：在兩千萬人口的經濟裡，有六十多萬家廠商（見表一內一九八六年的部分）。此外，廠商的規模平均很小：以一九八一年為例，總就業量為四四一〇七〇二人（見表一第二部分），若除以同年的廠商數五一三四一三，則每家的平均規模是八・五九人。從就業的層面來看，製造業是最大的僱用者，而佔最多廠商數的商業，所顧用的百分比卻相對的低。這隱含另一項意義：商業部門的平均規模都不大，市場力量都很小。

## 2. 市場結構

產業經濟學用幾種不同的係數來衡量市場的集中度，最常用的有CR4（前四大廠商的市場佔有率）、CR8、Herfindahl 指數、Entropy 指數。《臺閩地區工商業普查報告》的電腦資料，從一九七六年起就可以用來計算這些指數，目前已有幾項這方面的專題研究，他們的主要成

表二　臺灣的市場集中度：1976–86（以前四大廠商的集中度(CR4) 為例）

I

| CR4(%) | 1976 | 1981 | 1986 | 1986** |
|---|---|---|---|---|
| 總　數 | *131 (100%) | 134 (100%) | 162 (100%) | 162 (100%) |
| 90%# | 10 (7.6%) | 9 (6.7%) | 32 (19.8%) | 41 (25.3%) |
| 80–89% | 4 (3.1%) | 5 (3.7%) | 7 (4.3%) | 14 (8.6%) |
| 70–79% | 5 (3.8%) | 6 (4.5%) | 15 (9.3%) | 21 (13.0%) |
| 60–69% | 11 (8.4%) | 10 (7.5%) | 23 (14.2%) | 32 (19.8%) |
| 50–59% | 13 (9.9%) | 11 (8.2%) | 19 (11.7%) | 16 (9.9%) |
| 40–49% | 19 (14.5%) | 17 (12.7%) | 17 (10.5%) | 12 (7.4%) |
| 30–39% | 20 (15.3%) | 15 (11.2%) | 25 (15.4%) | 15 (9.3%) |
| 20–29% | 26 (19.9%) | 26 (19.4%) | 18 (11.1%) | 7 (4.3%) |
| 10–19% | 18 (13.7%) | 28 (20.9%) | 4 (2.5%) | 2 (1.2%) |
| 0–9% | 5 (3.8%) | 7 (5.2%) | 2 (1.2%) | 2 (1.2%) |

資料來源：1976（蕭峰雄，1982），1981（陳正蒼，1984），1986（周添城，1988）。

II

| | 0<CR4<20% | 21<CR4<40% | 41<CR4<60% | 61<CR4<80% | 81<CR4<100% |
|---|---|---|---|---|---|
| 1976 | *23 (17.5%) | 46 (35.2%) | 32 (24.4%) | 16 (12.2%) | 14 (10.7%) |
| 1981 | 35 (26.1%) | 41 (30.6%) | 28 (20.9%) | 16 (11.0%) | 14 (10.4%) |
| 1986 | 6 ( 3.7%) | 43 (26.5%) | 36 (22.2%) | 38 (23.5%) | 39 (24.1%) |
| 1986** | 4 ( 2.4%) | 22 (13.6%) | 28 (17.3%) | 53 (32.8%) | 55 (33.9%) |

#：前四大廠商的市場集中度，以%表示

*：表示產業的數目及其所佔的百分比

**：外銷金額扣除後計算的結果

資料來源：從表二 I 重新整理而得。

果可以編製成表二，以下是幾點說明：

1.Herfindahl指數和Entropy指數雖然有數據可以引用，但產業經濟學界也瞭解，從這些數字上不容易判別該市場的情況，所以我們只用一組最簡明也最常被文獻引用的CR4指標。

2.一九七六和一九八一年的數字，是從「總」銷售額計算得出。在一個非常開放的經濟裡（如臺灣），這項數字必然會低估產業在國內市場上的真實獨佔程度。可惜進出口額在那兩年份的報告中無法取得，所以未能算出「實質的」國內市場集中程度。周添城（一九八八）用一九八六年的資料，分別計算扣除外銷額與否的情形，顯示從前的「實際」國內市場集中度被低估了。從這些數字也可以看出，臺灣的市場結構很具獨佔性。

3.為了簡化起見，表二的第II部分整理出一九七六—八六年間市場集中度的變化情形。產業經濟學界一般認為，CR4指數在超過40%以上就可以視為寡佔市場。一九七六年時的CR4是47.3%（見41%<CR4<100%那三行的數字：（24.4%+12.2%+10.7%），而且如上所述，這還是在未扣除外銷額的情況下計算出來的（所以是被低估了）。依同樣的算法，一九八一年是42.3%，一九八六年是69.8%（若扣除外銷，則「實際」數值則為84%）。從這個趨勢看來，臺灣的市場結構不但很集中，而且愈來愈嚴重。

總結來說，臺灣的產業部門在四十年經濟發展的過程中，呈現了高度成長與高度集中化的趨勢。

### 3.經濟依賴與所得不均

表三利用一九五二—八六年間的序列資料，呈現本文三項主要變數的長期趨勢：經濟成長、經濟依賴、所得不均度。就經濟成長而言，GNP（國民生產毛額）和平均每人所得都有明顯的快速增長；農業部門比重的快速下降，正凸顯出工業化的迅速。這三項數字足以表示臺灣四十年來的經濟成長速率。

先看經濟依賴的部分。外資佔國內資本形成的比例呈現穩定增加的趨勢，到一九七〇年時達到頂峰。雖然這項數值在一九七四年後有逐漸下降的趨勢，但在絕對數字上仍是顯著的增加（見吳榮義等，一九八〇年，表二）。其次看技術的依賴。這是一項較概念式的變數，不易取得準確的數據，我們用資本財佔進口品的比例來當作這項變數的替代值。它的趨勢和前述外資比例的情形相做，也是在高度成長率的時期（一九五六—七〇年）有顯著的增加。這項數值在一九七六年之後走了下坡，顯示臺灣已經開始自己生產資本財，來替代原先依賴國外進口的部分。

再來看國際貿易的部分。在小型開放的開發中國家，如同Arthur Lewis所說的，對外貿易是經濟發展的引擎。臺灣對外貿易的依賴程度，在過去三十年來有大幅增高的趨勢，這是眾所共知之事。工業產品佔出口值的比例快速增加，表示臺灣出口的內容已由農業產品轉向（初級）工業製品，這也是工業化的一項指標。以上這五項「經濟依賴」的變數，大致說明了一件事實：臺灣在快速經濟成長的階段（一九五五—七〇年初期），對外的經濟依賴逐漸加深，一九七〇年代中期達到頂峰，到一九八〇年代中期時雖然較緩和，但對外的依存度仍然非常的高。

在所得分配方面，我們用兩項指標：吉尼(Gini)不均度指數，以及最富的20%家庭收入平均對最窮的20%家庭收入平均之比。這兩項數值都顯示出：在一九五〇—七〇年代間，「經濟成長→所得不均化」的悲觀論調並未在臺灣發生。然而，在解釋這些數據時要注意一點，尤其是一九八〇年代之後的數字更是要小心。因為⑴這些數值的資料基礎是從家計單位中抽取0.4%的樣本（約兩萬多戶）；⑵所根據的基礎是「當年所得」而非「全部財富」。

臺灣的所得分配之所以會比較穩定，除了經濟結構方面的因素之外（見 Lai 1988,1989a），還有一項制度上的重要因素：軍公教人員的統一薪俸制度，使得這些比例不小的受薪人員的「所得差距」很固定（而且也很小），若以真實的「財富」來計算，臺灣「可支用所得」的平均度，依照社會性的觀察是不會太低的。一九八九年有一項「臺灣地區國富調查」，這項資料將可較真實地反映「所得」不均度。

## 表三　臺灣的經濟成長、經濟依賴、所得分配：1952–86

| | 經濟成長 | | | 經濟依賴 | | | | | 所得分配 | |
|---|---|---|---|---|---|---|---|---|---|---|
| | GNP指數 1981=100 | 平均國民所得 1981=100 | 農業部門佔GNP的% | 外資佔國內資本形成的% | 進口/GNP | 資本財/進口值 | 出口/GNP | 工業品/出口值 | Gini不均等指數 | 上20%家庭與下20%家庭收入之比 |
| 1952 | 8.4 | 17.6 | 35.9 | 0.4 | 14.2 | 14.2 | 8.1 | 8.1 | | |
| 1953 | 9.2 | 18.7 | 38.3 | 1.8 | 13.8 | 15.6 | 8.6 | 8.4 | 0.5580 | |
| 1954 | 10.0 | 19.8 | 31.7 | 0.9 | 14.9 | 15.1 | 6.5 | 10.6 | | |
| 1955 | 10.9 | 20.6 | 32.9 | 1.8 | 12.6 | 16.5 | 8.3 | 10.4 | | |
| 1956 | 11.4 | 20.9 | 31.6 | 1.3 | 16.0 | 18.7 | 9.1 | 10.4 | | |
| 1957 | 12.3 | 21.8 | 31.7 | 0.5 | 14.7 | 20.6 | 9.6 | 12.4 | | |
| 1958 | 13.1 | 22.5 | 31.0 | 0.6 | 16.7 | 21.8 | 10.3 | 14.0 | | |
| 1959 | 14.1 | 23.5 | 30.4 | 0.4 | 20.8 | 25.1 | 12.5 | 23.6 | 0.4400 | |
| 1960 | 15.0 | 20.2 | 32.8 | 4.4 | 18.9 | 27.9 | 11.3 | 32.3 | | |
| 1961 | 16.0 | 24.2 | 31.4 | 4.1 | 20.9 | 26.4 | 13.8 | 40.9 | | |
| 1962 | 17.3 | 26.2 | 29.2 | 1.4 | 18.8 | 23.4 | 13.4 | 50.5 | | |
| 1963 | 18.9 | 27.8 | 26.7 | 4.7 | 18.9 | 21.4 | 17.8 | 41.1 | | |
| 1964 | 21.2 | 30.4 | 28.2 | 4.1 | 18.7 | 22.1 | 19.5 | 42.5 | 0.3208 | 5.33 |
| 1965 | 23.6 | 32.8 | 27.3 | 6.4 | 21.7 | 29.3 | 18.7 | 46.0 | | |
| 1966 | 25.7 | 34.8 | 26.2 | 4.1 | 20.9 | 29.4 | 21.1 | 55.1 | 0.3226 | 5.25 |
| 1967 | 28.4 | 37.5 | 23.8 | 6.4 | 23.7 | 32.1 | 21.7 | 61.6 | | |
| 1968 | 31.0 | 40.0 | 22.0 | 8.4 | 26.7 | 32.5 | 23.9 | 68.4 | 0.3260 | 5.28 |
| 1969 | 33.8 | 42.6 | 18.8 | 9.1 | 27.0 | 34.7 | 26.3 | 74.0 | | |
| 1970 | 37.6 | 46.4 | 17.9 | 9.6 | 29.7 | 32.3 | 29.7 | 78.6 | 0.2928 | 4.58 |
| 1971 | 42.5 | 51.3 | 14.9 | 9.4 | 32.5 | 32.0 | 35.0 | 80.9 | | |
| 1972 | 48.1 | 57.1 | 14.1 | 6.2 | 35.5 | 31.1 | 41.8 | 83.3 | 0.2897 | 4.49 |
| 1973 | 54.3 | 63.2 | 14.1 | 7.9 | 41.5 | 28.6 | 46.8 | 84.6 | | |
| 1974 | 54.9 | 62.8 | 14.5 | 3.3 | 51.5 | 30.7 | 43.7 | 84.5 | 0.2996 | 4.37 |
| 1975 | 57.2 | 64.3 | 14.9 | 2.5 | 42.6 | 30.6 | 39.3 | 83.6 | | |
| 1976 | 65.0 | 71.5 | 13.4 | 2.5 | 45.1 | 29.1 | 47.3 | 87.6 | 0.2940 | 4.18 |
| 1977 | 71.5 | 77.1 | 12.5 | 2.7 | 43.9 | 25.8 | 48.9 | 87.5 | 0.2960 | |
| 1978 | 81.4 | 86.2 | 11.2 | 2.8 | 45.9 | 24.7 | 52.4 | 89.2 | 0.2960 | 4.34 |
| 1979 | 88.3 | 91.7 | 10.3 | | 52.0 | 24.6 | 53.5 | 90.5 | 0.2940 | |
| 1980 | 94.6 | 96.4 | 9.2 | 3.4 | 54.1 | 23.4 | 52.9 | 90.8 | 0.2870 | 4.17 |
| 1981 | 100.0 | 100.0 | 8.7 | 3.0 | 50.1 | 25.7 | 52.2 | 92.2 | 0.2890 | 4.21 |
| 1982 | 103.3 | 101.5 | 9.2 | | 45.4 | 24.8 | 50.6 | 92.4 | 0.2920 | 4.29 |
| 1983 | 111.4 | 107.7 | 8.8 | | 45.0 | 23.6 | 54.0 | 93.1 | 0.2970 | 4.36 |
| 1984 | 123.2 | 117.3 | 7.6 | | 46.0 | 23.7 | 57.6 | 93.9 | | 4.40 |
| 1985 | 129.4 | 121.5 | 6.9 | | 41.7 | 23.8 | 56.1 | 93.8 | | 4.50 |
| 1986 | 114.5 | 134.1 | 6.5 | | 39.8 | 26.9 | 60.6 | 93.5 | | 4.60 |

說明：1.「經濟成長」欄內的資料來源：*Taiwan Statistical Data Book*, 1988 (pp. 26, 41)。

2. 外資比例：吳榮義等(1980: 12–13)。

3. 各項進出口比率：資料來源同 1 (pp. 43, 213, 214)。

4. Gini 不均等係數(Lai 1989a:180)。

5. 家庭收入之比例，資料來源同 1 (p. 62)。

4.市場結構與所得分配

根據不完全競爭的理論，(1)市場的獨佔度（集中度）愈高，對資本家的所得額份(profit share)愈有利；(2)反之，對勞動者的所得額份(wage share)不利；(3)在較獨佔性產業內的就業者，會有較好的薪資收入；(4)企業本身也會有較好的利潤率。這幾項簡明的命題，在Lai (1989b, 1990a, 1990b)都得到了驗證（運用一九七六、一九八一年的工商業普查資料）。這也說明了影響所得分配不均的諸多因素中，臺灣的市場結構是一項顯著的要素。

## 三、總結

Merhav的假說是否有效?臺灣的歷史資料顯示：

1.對外依賴度的提高（見表三），增助了臺灣的經濟成長。Merhav的依賴—停滯說，或許是得自拉丁美洲的經驗，但並不完全適用於亞洲的新興工業國家。

2.就市場的結構而言（見表二），Merhav預測會有更獨佔化的情形，這在臺灣也觀察到了。但表二只是一個大略的趨勢，在解釋時必須要小心，因為：(1)我們沒有一九五二—七五的資料，無法判斷它的長期趨勢；(2)必須對開發中國家的例子多研究幾個之後(Lee, 1984)，才能接受或棄絕Merhav的假說。

3.與Merhav的假說相反，臺灣的所得分配隨著經濟成長而更平均化（表三）。但較近的情況則顯示，所得的差距正在明顯地惡化中。

4.整個說來，以臺灣的例子而言，Merhav的理論中有一項是說對的（市場獨佔化）。臺灣也許如Barret and Whyte (1982 )所說的，是開發中國家的一個反例，Merhav提供了一個有趣的假說，有待更多的實證研究來檢定。

## 附錄：先進國家、臺灣、開發中國家市場結構的比較

所謂的「市場結構」至少包含五項要素（見註❷），但實際上能拿來當作國際間比較的指標，則只有產業集中度一項。附表 A–1用最常見的幾項指標(CR4, CR8, Herfindahl) 來比較各國的情形。一般而言，開發中國家的市場較小（和他們的人口數量相對而言），市場較容易被獨佔化。本表的資料也證實，開發中國家的市場集中度是比先進國家高。其他的幾項國際間比較，請參見Scherer (1980:68–73)、Shepherd(1979:120–1, 212–4)。

表A–1　製造業的產業集中度指數：已開發與開發中國家的比較

| 國別 | 年利 | 產業數目 | CR4(%)* | CR8(%) | Herfindahl index |
|---|---|---|---|---|---|
| US | 1958 | 292 | 40.8 | 53.6 | – |
| | 1970 | 292 | 41.5 | 54.3 | – |
| UK | 1951 | 42 | 29.3(a) | – | – |
| | 1963 | 42 | 37.4(a) | – | – |
| | 1970 | 102 | 43.7(b) | – | – |
| | 1973 | 102 | 45.3(b) | – | – |
| Belgium | 1973 | 115 | 43.0 | – | .102 |
| | 1976 | 115 | 44.7 | – | .110 |
| | 1981 | 115 | 50.6 | – | .132 |
| Canada | 1979 | 140 | 52.6 | – | .120 |
| Taiwan | 1976 | 131 | 48.3 | 57.4 | .236 |
| | 1981 | 134 | 44.2 | 52.3 | – |
| | 1986 | 162 | 50.3 | 63.6 | – |
| Chile | 1967 | 41 | 43.3 | – | – |
| | 1979 | 41 | 58.4 | – | – |
| Brazil | 1972 | 68 | 72 | – | – |
| India | 1968 | 22 | 55 | – | – |
| Mexico | 1972 | 73 | 73 | – | – |
| Pakistan | 1968 | 51 | 66 | – | – |

*CR4：前四大廠商的市場佔有率

(a)：CR3；(b)：CR5

資料來源：US: Mueller and Hamm (1974:512). UK: Hart and Clarke (1980:25–27).Belgium: de Ghellinck et al. (1980:599). Canada: Baldwin et al. (1984, Table 5). Taiwan: Chou (1988a:124).Chile: de Melo and Urata (1984:7). For other LDCs: Leff (1979:720). See also the general survey of Lee (1984).

## 參考文獻

吳榮義、王連常福、周添城、李昭考（一九八〇）：《美商投資對我國經濟的影響》，中央研究院：美國文化研究所。

周添城（一九八八）：〈開放經濟的產業集中度：臺灣製造業個案研究〉，《經濟論文》，一六㈠：一一三—一五〇。

陳正蒼（一九八四）：〈臺灣地區產業集中度之研究〉，《企銀季刊》，八㈡：三五—三七。

蕭峰雄（一九八二）：〈我國產業集中率之測定與分析〉，《臺北市銀行月刊》，一三㈤：四三—五六。

Baldwin, J. R., P. Gorecki and J. McVey (1984): "International trade, secondary output, and concentration in Canadian manufacturing industries, 1979". Paper presented at the 11th European Association for Research in Industrial Economics, August 29–31, Fontainebleau, France.

Barret, R. and M. Whyte (1982): "Dependency theory and Taiwan: an analysis of a deviant case", *American Journal of Sociology*, 87: 1064–89.

Chou, T. (1988a): "Concentration and profitability in a dichotomous economy: the case of

Taiwan", *International Journal of Industrial Organization,* 6:409–28.

Chou, T. (1988b): "Aggregate concentration ratios and business groups: a case study of Taiwan", *Taiwan Economic Review,* 16(1):79–94.

de Ghellinck, E., A. Jacquemin and M. Lauwers (1982): "Evolution de la concentration industrielle en Belgique", *Bulletin de Statistique,* Nov. –dec. pp. 597–601.

de Melo, J. and S. Urata (1984): "The influence of increase foreign competition on industrial concentration and performance", *International Journal of Industrial Organization,* 4:287–304.

Hart, P. and R. Clark (1980), *Concentration in British Industry,* Cambridge University Press.

Lai, C. (1988): "The Kuznets effect revisited", *South African Journal of Economics,* 56(2–3):173–180.

Lai, C. (1989a): "Development strategies and growth with equality: re-evaluation of Taiwan's experience: 1950's–1970s" *Revista Internazionale di Scienze Economiche e Commerciali,* 36(2):177–191.

Lai, C. (1989b): "Market structure and inter-industry wage differences: the case of Taiwan", *Economics Letters,* 31(2):199–204.

Lai, C. (1990a): Market structure and income shares: testing the Kaleckian approach (manu–

script).

Lai, C. (1990b): Market structure and inter-industry profit differences: DCs and LDCs compared (manuscript).

Lee, N. (1984): "Business concentration in LDCs", in: Kirpatrick C. H., N. Lee and F. I. Nixon (1984): *Industrial Structure and Policy in Less Developed Countries,* pp. 46–85, London: George Allen & Unwin.

Leff ,N. (1979): "'Monopoly capitalism' and public policy in developing countries", *Kyklos,* 32:718–738.

Lewis, Arthur (1980): "The slowdown of the engine of growth", *American Economic Review,* 70(3):555–64.

Merhav, M. (1969): *Technological dependence, monopoly, and growth,* Oxford: Pergamon Press.

Mueller, W. and L. Hamm (174): "Trends in industrial market concentration, 1947 to 1970", *Review of Economics and Statistics,* 56:511–20.

Scherer, F. (1980): *Industrial market structure and economic performance,* Chicago: Rand McNally & Co., 2nd ed.

Shepherd, W. (1979): *The economics of industrial organization,* N.J.: Prentice-Hall.

《企銀季刊》第十四卷第一期
一九九〇年七月

# 布勞代爾的寫作風格

本文從布勞代爾的史學著作，來觀察他的歷史寫作體裁與風格。基本上他不是一個先下定義，然後用史料去驗證，再提出結論型的作者；他的史學傾向是在建構出自己心中的歷史圖像，鍾情於跨世紀（長時段）、跨國際式的大構圖，不適合做國以下層次的具體問題，如人口史、物價史、心態史。

關鍵詞：Braudel〔布勞代爾〕、歷史寫作

## 一、史觀與架構

布勞代爾一九二〇年代初期在巴黎大學所受的歷史教育，以及他在一九三〇年代初期教學研究的過程中，所見所學所寫的基本上是所謂的傳統史學：以人物、政治、外交、軍事等

為主的事件史。他在一九二〇—三〇年代間雖然已受到新史學者如 Henri Berr、Febvre、Bloch 等人的影響，但他在二〇—三〇年代出版的作品（以單篇論文為主），基本上還是傳統性的，這可以從《布勞代爾文集》(Braudel 1996–8)三冊中看出來。

他的第一本書《地中海》(1949)，在體裁上與其他歷史學者著作大異其趣的地方，是他把事件史的重要性放在最低層（第三篇）。綜觀《地》的第三篇和他在此之前的單篇著作，以及他在《歷史論文集II》(1990)中論Phillippe二世父子的兩篇傳記，都可看出他在傳統史學方面的成就。他絕對是這種傳統史的高手，但竟然捨此而轉投入長時段史觀與變動趨勢史觀的寫作，這也正是他得以創出歷史新體裁的大破大立。這是風格上的大轉變：放棄把具體事實用編年式陳述，和以人物、事件為中心的寫法，轉而著重於歷史圖像的構思，他在改寫《地》第二版時甚至曾還考慮要放棄其中第三篇的事件史。

這種歷史形像構圖的寫作方式，特點是他不著重於解決一個具體的問題，也不在提出一個命題或假說，然後找史料驗證，他所關懷的是要如何呈現主題的結構性面貌。以他的《資本主義》為例，資本主義史本來就是一個既具體又抽象的歷史過程，馬克思、韋伯、宋巴特都曾賦予不同的視角，詮釋出不同的面貌。布勞代爾的手法雖然不同，但精神上是類似的：他用三冊的篇幅分別描述資本主義活動的三個級層（日常生活式的基層市場、國家市場內的各種經濟活動與交易、國際市場的貿易與資金流通）。

簡言之，他沒有既定的論點要辯論，也沒有學說與思想上的興趣，他要做的是用豐富的史料，來描繪出這個題材的多重變異性面貌，這種手法在《地》、《法國史》都可見到。要有這種背景性的理解，才較容易掌握著作的架構，否則他的文體與章節安排，對著重內在邏輯的讀者而言是一大精神負擔。

另一項結構設計上的特點，是他的題材通常很大，跨越好幾個世紀，觸及了各層面的多項題材，只要看這三部書的詳細目次就能體會到他的野心：涵蓋的範圍縱跨好幾個世紀，橫越好幾個面向。在有限的篇幅下（約一千五百到兩千頁之間），每個小子題平均只能分配到二—三頁，有些還只有一頁而已，例如《地》(II: 447–8)論土耳其帝國的財政危機，這麼重要的題材只用一整頁的篇幅快速掃射。翻閱此三書的細部目次，可以看到不少這類的例子。接下來的大問題是：在有限的篇幅內處理這麼多題材的文體，或許能滿足他的總體史欲望，但怎麼能夠表達出長時段史觀的特點呢？也就是說，若要呈現出一個問題的長時段史觀特色，總要有相當的篇幅才能揮灑得出來，一尺長的畫布怎能體現出三峽的壯麗與風味？他在史觀上一直都很強調長時段（以世紀為單位）的分析，而在篇幅上卻都是擠壓性的處理，所以讀者很難從他的章節內看出長時段的特色，也看不出應該如何把他的長時段觀點，和他所提供的史料搭配在一起，去理解他的長時段史觀作品。其實他的長時段史觀是融入在全書的架構上，而非在具體的段落內；他可以這麼做，但一般史學研究者有誰敢和他一樣，在《地》I: 347–50這三頁篇幅中快論歐洲與地中海域的市集？這麼大而重要的題材，用這麼少的篇幅怎能顯現出長時段的特色？而在布勞代爾的著作中，這是常見的事。

這種主題龐大、點到為止的寫作風格，必然只能是描述性的，不容易有空間去提出理論或假說，也沒篇幅去解決具體的問題。所以我認為在讀他的著作時，不必急著看各小節段落上的細節內容，較有效率的閱讀方式是先看各篇各章各節的前言，以及各小節的前兩段，這樣就足以掌握他的思考方向與基本視角，內文的細節雖然有時候有趣，但啟發性通常不高。把書中各層級的前言和首段集合起來，大概就能抓住全書的要點，各層級的末段反而不很重要，因為他不是一個下結論的人。

## 二、文體與風格

他也不是一個下定義的人，在《資》內我們從未見到他對資本主義下過精確的界定或定義，他只在第二冊(II: 232–49)中介紹此詞的根源與各時代的用法。這種寫法讓讀者很為難：沒有精確的定義來掌握他對此概念的基本精神，在閱讀過程中若有疑問，也難以確定是否合乎作者的基本要義。在一本以資本主義為主題的書中，竟然對這個關鍵詞都不肯下定義，就好像查閱地圖時主要的座標竟然在漂浮一樣，實在令人困惑。同樣的困擾也出現在他新創的名詞與概念中：「長時段」的精確定義是什麼？如何應用在不同的素材上？我想這不是「原創性的模糊感」，而是他的體裁習慣。他先有一個大略模糊的想法，不願意把它明確地界定出來，一方面避免被定死，二方面是因而能用以追求更多的可能性。他的目的不在於檢驗這些概念與假說，而是要把這些模糊的概念運用在不同的素材上，得出前後不一定相連貫，但或許會較豐富的產品。以conjoncture這個詞為例，他在《地》、《資》、《法》中都大量應用在不同的題材上，得到許多不同的結果，但有系統地讀了這三本書之後，讀者還不一定能明白此項概念的精確意義，以及如何把它運用在其他素材上。

他對為何不下定義的解說是：「絕對不要下定義，至少在我的推理上是如此。任何事先的定義，對我而言都是一種犧牲。我和François Perroux這位大經濟學者討論過很久，他習慣定義出名詞的意義、問題的意義，簡直和神學家一模一樣。我對他說，用這種明確的方式來定義，等於是要中止討論，可惜他聽不進去。一旦下了定義就沒得討論了」(*Une leçon* 1986: 160–61)。這是相當奇特的見解，邏輯性強的人大概很難接受。

這又牽涉到他寫作的另一項風格：檔案資料的用法與功能。布勞代爾夫人從年輕時起，就常隨他到各國各地的檔案館查閱資料，她在一九九二年發表了一篇見證，很生動地說明了檔案對他的意義：「令他動情的，而這也是他漫長一生中所培育出來，甚至到年老為止一直都沒改變的，就是直接閱讀檔案。對他而言，這是在開啟想像力的大門，而布勞代爾最具備的就是想像力。……同樣地，在檔案裡，他的想像力也使得他從未感到孤獨過」(Paule Braudel, 1992: 240)。同頁中還有一些談布勞代爾與檔案方面的故事，非常有趣。

讓我困惑的是：檔案資料都是具體的事實，必然都是事件性的，一位著重長時段史觀的學者，為什麼會終身對檔案保持高度興趣？如何可能把檔案資料和長時段史觀結合在一起？我想有兩種解釋。一是把檔案史料當作輔佐性的資料，這一點我們在他著作中大幅的腳注裡時常可見；二是如夫人所言，檔案內未預期到的資料，刺激了他的歷史想像空間，這一點我們較難找到確證，但對他而言這是最重要的靈感泉源。所以他不是用檔案來驗證假說或增強推理的論證力，而是用檔案來當作歷史構圖的刺激品，同時也當作解說性的佐證。

以《地》書後所附的各國檔案館藏為例，資料來源長達十五頁(I: 523–37)，在這麼多國、這麼多館、這麼複雜、如山如海的檔案裡，我們很難確知(1)與主題密切相關的檔案他是否已都掌握？(2)或是他只用已掌握到的資料來寫作？對有具體問題要解答的研究者而言，第一個問題是關鍵性的；我想布勞代爾是屬於第二型：他沒有具體的謎要解開，手上有什麼資料就刺激他往哪個方向去寫。「從這個角度來看，我們或許可以更明白為什麼布勞代爾在一九四二年時曾說，如果《地》不是在戰俘營裡寫的話，那一定會是一本不一樣的書」(Paule Braudel 1992: 244)。我們現在比較能理解為什麼他那麼看重檔案，又同時看重長時段史觀；我們也比較能理解為什麼他也很強調細節的重要性：「細節，當然有它們的份量」（Les détails, bien sûr, ont leur poids.《地》I: 516）。

另一項與寫作風格相關的是，他和繪畫家的手法很接近，夫人的見證值得引述：「其過程不是邏輯學者式的，也不是哲學家式的，或許是一種藝術家式的吧？總之，我是在二〇年或二十五年前才開始思考，布勞代爾這位作家的寫作方式到底是屬於哪一種機制的？我記得那時所得到的印象，正如一本與歷史毫不相干的著作裡所寫的：「視覺的認知」(la perception visuelle)。書內所提供的例子，是有一位畫家想把所見到的景觀繪出一幅畫。他什麼都看到了，也全都注意到了，之後把各式各樣豐富的細節交錯編織起來。但真正吸引他的是：在擁有豐富的細節知識、整體地理解了這個題材之後，但其背後的意識與意義卻還不夠清晰明瞭，這些不顯之處才是引他入勝的吸引力。描繪出一幅畫，對他而言是把內心的這種認知翻譯在畫作上，也就是對一大堆混亂的材料做解碼的工作，試圖指點出它們的意義脈絡。當我回想起這些事情時，立刻想到我曾經不自覺地觀察過布勞代爾這位史學家的心路歷程。……最後我還要補充說，在那五年之間他有很充份的時間重新構思他的歷史圖像，他沒有放鬆過這件事，而這也是他唯一的消遣。我也覺得正是在那時候他感染上終身不癒的毛病，那就是一再地改稿，大都是靠記憶在寫作，改稿時也不看前稿，幾乎是完全重寫。我批評過他，說這是浪費時間與精力，他笑著回答說，他也沒辦法用其他的方式來做。他說：「可是，也是妳告訴我馬諦斯(Matisse)的故事，說他每天都用不同的方式對同一個模特兒繪同一幅畫，而妳一點也沒批評他的意思。妳也說他每天都把畫作丟到垃圾桶裡，直到找到自己喜歡的線條為止。我所做的也正是有點這個意味。」(Paule Braudel 1992: 243–4)。關於最後這一點，他在《資》第二冊前言的最後一段也有類似的說法。

另一項與文體相關的是他的書寫方式，這牽涉到他在修辭與句法方面的特色。基本上他的文字常帶有詩意，文學氣息濃厚，這些問題在Carrard (1992: 54–62)、Chaunu(1992: 71)、Gemelli (1995:47– 8, 78)、Labrousse (1972: 17)、Kellner (1979: 204–5)已有很好的分析，在此不贅。

## 三、批評

對布勞代爾史學風格的批評大約可歸為兩類，一是他缺乏（一套）史學理論，二是他缺乏一手的深入研究，各舉一例來說明。就第一點而言，一九七七年在紐約Binghamton大學舉辦的研討會〈年鑑學派對社會科學的衝擊〉中，Melvin Leiman問：「年鑑學派的長處是運用很多未被注意到的細節資料去重構歷史，但另一方面卻未能顯示出資料重要性的順序。也就是說缺乏一種理論，據以分辨哪些是最重要、哪些是次要的。換句話說，年鑑學派缺乏一套社會變動的理論，在解釋歷史的連續性之外，還能解釋歷史的不連續性。我想聽聽您的看法」。這是個尖銳的好問題，可惜布勞代爾的回答過於廣泛，看不出主要的論點(Braudel 1978: 255)。

他確是創發了一些有名的概念（長時段、經濟世界等等），但他從未提出因果關係式的史學詮釋，他甚至是在避開任何與歷史理論相關的可能性，這一點他在《資》的全書序言（第一冊頁二五）已說得很清楚：「我在構思時儘量避免捲入任何理論，而只靠直接具體的觀察，以及用比較歷史的方法來研究」。這和他對避免下定義的態度相同。

我想可能還有兩個原因。第一，他在壯年時正值一九五〇—六〇年代法國人文社會學界多種理論（存在主義、結構主義、馬克思主義等等）交互論戰的時期，為了避免節外生枝（因為他個人在學界與行政工作上已經引起了很大的爭議），才有意地迴避任何理論。第二項原因，是他懷疑歷史這個學門有可能或有必要理論化或應用理論嗎？他的史學著作在文體上是走描述性的路線，是從檔案與他人著作中取材，描繪出他眼中的歷史構圖，理論對他而言可能反而是一種束縛與枷鎖。

第二項批評我很同意。他很少投入某項單一題材，具體地解決一個史學問題，而多是在綜述他人著作與檔案材料，很少做深入的一手研究。布勞代爾史學的傾向是在建構出自己心中的歷史圖像，尤其鍾情於跨世紀（長時段）、跨國際式的大構圖。這種史學手法是一般專家型的歷史學者（專研某世紀、某文化、某領域）所不敢也不能做的大事，這種大氣魄是無法模倣也無法學習的。

但若轉到像《法國史》、《義大利模式》(Braudel 1991)這種較具體明確的題材上，一方面專家很多，論點也已較齊備，布勞代爾就不易做出新義，因為會有許多具有專業能力的人和他論爭。也就是說，布勞代爾較適合做跨世紀跨國際的大構圖，不適合做國以下層次的具體問題，如人口史、物價史、心態史。

## 參考書目

Braudel, F.

1949 *La Méditerranée et le monde méditerranéen à l'époque de Philippe II,* Paris: A. Colin (2 volumes), 9e édition (1990). Translated from the French by S. Reynolds in 1972, Fontana

(1995, 15th impression): *The Mediterranean and the Mediterranean World in the Age of Philip II,* 2 volumes.

1969 *Ecrits sur l'histoire,* Paris: Flammarion (Collection Champs No. 23). English translation by Sarah Mathews (1980): *On History.* University of Chicago Press.

1978 En guise de conclusion, *Review,* 1 (3–4): 243–261.

1979 *Civilisation matérielle, économie et capitalisme, 15e–18e siécle,* Paris: Armand Colin. Translated from the French by S. Reynolds: *Civilization and Capitalism: 15–18th Century,* volume I: *The Structure of Everyday Life: the Limits of the Possible,* volume II: *The Wheel of Commerce;* volume III: *The Perspective of the World.* New York: Harper & Row Publishers (1981, 1982, 1984).

1986 *L'identité de la France,* I: *Espace et histoire;* II & III: *Les hommes et les choses,* Paris: Arthaud-Flammarion. Translated by Sian Reynolds, *The Identity of France,* volume I: *History and Environment.* New York: Harper & Row, 1988.

1990 *Ecrits sur l'histoire* II. Paris: Edition Artaud.

1991 *Out of Italy.* Paris: Flammarion.

1996–8 Les écrits de Fernand Braudel. Volume I *Autour de la Méditerranée (1996),* volume II

*Les ambitions de l'histoire (1997),* volume III *L'histoire au quotidien (1998).* Paris: Editions de Fallois.

Braudel, Paule

1992 Les origines intellectuelles de Fernand Braudel: un témoignage, *Annales ESC,* 47(1):237–44.

Carrard, Philippe

1992 *Poetics of the New History: French Historical Discourse from Braudel to Chartier.* Johns Hopkins University Press.

Chaunu, Pierre

1992 La Méditerrannée c'est Braudel, *L'Histoire.* juillet/août, pp. 71–3.

Gemelli, Giuliana

1995 *Fernand Braudel.* Paris: Editions Odile Jacob.

Kellner, Hans

1979 Disorderly conduct: Braudel's Mediterranean satire, *History and Theory.* 18 (2): 197–222.

Labrousse, Ernest

1972 En guise de toast à Fernand Braudel: aux vingt-cinq ans de la Méditerrannée, *Mélanges en l'honneur de Fernand Braudel*. Paris: Privat. vol. I, pp. 7–17.

*Une leçon d'histoire de Fernand Braudel* (Châteauvallon, Journée Fernand Braudel, 18–20 octobre 1985). Paris: Arthaud-Flammarion, 1986.

《思與言》第三十六卷第一期
一九九八年三月

# 《原富》的誕生與影響

## 一、誕生

《原富》首先是在一九〇一—二年由上海南洋公學（交通大學前身）譯書院出版（分八冊），一九三一年由商務印書館重排，加上斷句，並附上書後的八〇頁「原富譯名表」：標示出人名、地名、專有名詞的原文，並稍解說其背景與意義，但仍有多處是「未詳」（如頁二）。一九三一年的商務版稱為《嚴譯名著叢刊》共八種，臺灣商務印書館在一九七七年重印此叢刊，其中的《原富》是人人文庫特五〇六—八號，上中下三冊共九七八頁，我所根據的就是這個版本。一九八一年北京商務重印這套叢刊，還是八種，除了重排之外還加上新式標點，也作了一些校改，更方便的是把原先放在書末的譯名對照和注文移為腳注，方便查對。

以上是《原富》出版之後的幾項大變動，我在此想要綜述的是嚴復譯此書的過程與心境。我所根據的材料，是嚴復和吳汝綸之間的往來信函，以及他寫給張元濟的廿封信（《嚴復集》

第三冊《書信》頁五二〇—五七，第五冊附錄頁一五五九—六六)。我的用意不是考據性的，純是當作簡要的背景性解說，或許另有材料可以補充此題材也未可知。

以下簡介吳汝綸（一八四〇—一九〇三）和張元濟（一八六六—一九五九）的生平，以及他們和嚴復的關係。吳是安徽桐城人，同治四年進士，授內閣中書，曾為曾國藩、李鴻章幕僚，著作見《桐城吳先生全書・尺牘》（一九〇四）。《天演論》和《原富》的序，都是嚴復敦請他作的（見《嚴復集》頁五二〇，一五四五，以下頁碼皆同出處）。張元濟字菊生，浙江海鹽人，光緒十八年進士，刑部主事。戊戌後去上海，先任南洋公學譯書院院長，出版《原富》，後任商務印書館編譯所所長，由此可知嚴復著作與商務之間的關係（頁五二四）。

據嚴復長子嚴璩的《侯官嚴先生年譜》（字數少，出版者與年份俱不詳），「丁酉（一八七七）府君四十五歲。開始譯亞丹斯密之《原富》」（頁一五四五，一五四八）。我先從嚴復給張元濟的信函來重構此書的譯改過程，再從嚴復與吳汝綸的往返信函補充說明嚴請吳寫序的經過，最後以黃遵憲和夏曾佑的短函，說明初讀此譯本的反應。

嚴給張元濟的第二封信（一八九九年二月二十五日）上說：「見所譯者，乃亞丹斯密理財書，為之一年有餘，中間多以他事間之，故尚未盡其半。若不如此，則一年可以蕆事。近立限年內必要完工，不知能無從人願否?」（頁五二七）。這是他譯書一年多之後的報告。同年（一八九九）七月三日他對張說：「弟暇時獨以譯書遣日，斯密《原富》已及半部，然已八九冊，殆不下二十萬余言也。刻已雇胥繕本，擬脫稿時令人重鈔寄幾下，但書多非可猝辦耳。」（頁五三二），可見進度不錯。

在八月二十日的信上說：「目下亞丹斯密《原富》一書，脫稿者固已過半。蓋其書共分五卷，前三卷說體，卷帙較短；後二卷說用，卷帙略長。弟今翻者，已到第四卷矣。拙稿潦草胡涂，現已倩人繕清。此人頗有字名，能作六朝北魏書，其功程稍罷緩，可惱；遲日擬與包寫，當較快速。俟清出幾卷後，再商南寄、先行分刻與否可耳。此書的系要書，留心時務、講求經濟者所不可不讀。蓋其中不僅於理財法例及財富情狀開山立學，且於銀號圜法及農工商諸政，西國成案多所徵引。且歐亞互通以來一切商務情形皆多考列，後事之師，端在於此。又因其書所駁斥者多中吾國自古以來言利理財之家病痛，故復當日選譯特取是書，非不知後來作者之愈精深完密也」（頁五三二—三）。這段話顯示進度已過半，唯清稿之事遲緩煩人。另一要點是他解析此書的意義與重要性，很可以顯示嚴對此書的見解。

同年（一八九九）十月九日的信上說：「《原富》拙稿，刻接譯十數冊，而於原書僅乃過半工程，罷緩如此。鄙人於翻書尚為敏捷者，此稿開譯已近三年，而所得不過如是，則甚矣此道之難為也。承許以兩千金購稿，感謝至不可言。伏惟譯書原非計利，即使計利而每冊八十余金，亦為可估之善價，豈有不歡喜承命之理耶？」（頁五三四）。這封信除了談進度之外，也談到他對稿酬的滿意。

翌年（一九〇〇）二月二日的信上再度說明進度，以及他對譯書的感受：「《原富》稿經仲宣倩人分抄，蕆事者已盡前六卷，不日當由僕校勘一過奉上。其續抄之六七冊，正在重加刪潤，日內當可發抄矣。刻已譯者已盡甲乙丙丁四部，其從事者乃在部戊論國用賦稅一書之約；若不以俗冗間之，則四月間當可卒業。但全文盡譯之後，尚有序文、目錄、例言及作者本傳（擬加年表，不知來得及否）。又全書翻音不譯義之字，須依來教，作一備檢，方便來學。又因文字蕪穢，每初脫稿時，常寄保陽，乞吳先生摯甫一為揚搉，往往往返需時。如此則譯業雖畢，亦須兩月許方能斟酌盡善。甚矣，一書之成之不易也。鄙人於譯書一道，雖自負於並世諸公未遑多讓，然每逢義理精深、文句奧衍，輒徘徊躑躅，有急與之捕力不敢暇之概。……近者吳丈摯甫亦謂海外計學無逾本書，以拙譯為用筆精悍，獨能發明奧賾之趣，光怪奇偉之氣，決當逾久而不沈沒，雖今人不知此書，而南方公學肯為印行，則將來盛行之嚆矢云；然而亦太自苦矣。已抄之稿，當交李君帶南，抑僕於月底赴滬自攜呈政，此番決不次且矣」（頁五三七—八）。

在同封信內，他對稿酬之事另有提議，除了議定的二千金稿酬之外，他希望日後出書時，譯者也能坐抽幾分，口氣是商量性的：「商印是書，鄙意似不以即圖久遠為得，蓋恐其中尚當修改，一成不變改則所費不貲；果使他日盛行，則雕之以圖久遠可矣。公意以為何如？僕尚有鄙情奉商左右者，則以謂此稿既經公學貳千金購印，則成書後自為公學之產，銷售利益應悉公學得之；但念譯者頗費苦心，不知他日出售，能否於書價之中坐抽幾分，以為著書者永遠之利益。此於鄙人所關尚淺，而於後此譯人所勸者大，亦郭隗千金市骨之意也。可則行之，否則置之，不必拘拘矣」（頁五三八）。

又過了一年，嚴在一九〇一年四月二五日的信上說：「《原富》拙稿，未經交文報局寄南。頃得呂君止先生來書，始言經交敝同鄉鄧太守帶去。蓋君止入都時，木齋將此稿五冊付之摯甫，而是時適鄧入都，聞旁人言，其人不久即將南歸，君止遂屬摯甫將稿檢交此人，不圖遂爾浮湛至今也。……一稿之煩如此，真令人生厭也。刻吳、盧兩處均有信去，即今果爾浮沈，當另鈔寄，不至中斷矣」（頁五四〇）。可見書稿已完成，託人轉交遲遲未達，甚是煩憂。同年六、七月間的另一封信（無日期），顯示稿件安然，甚至「喜極欲涕」：「……則《原富》原稿五冊由吳摯甫處已寄到。其稿所以遲遲者，緣始楊濂甫接盛丞電索，適摯父在幕，知其事，又適盧木齋在都，因囑木齋迅往唐山取書到京，盧即照辦；及書到京，由摯交濂甫囑速寄滬，濂甫忘之，久閣，尋摯又得書，乃往濂處取回，而於晦若又取去，讀久不還；

四月初弟又以書向摯問浮沈，摯始於前月之望，向於齋頭取寄津，此展轉遲閣之實在情形也。顧浦珠趙璧究竟復還，安知非鬼物守護，轉以遲寄而得無恙耶？走自憐心血，不禁對之喜極欲涕也。今保險寄去，兄知此意，書到勿忘早覆也」（頁五四二）。真是一波三折。

同年（一九〇一）八月六日的信，再度談到出書後抽分的事：「……所言嗣後售賣《原富》一書，作定值百抽幾，給予憑據，以為譯人永遠利益一節，未得還云，不知能否辦到，殊深懸繫。鄙知老兄相為之誠無微弗至，亦知此事定費大神代為道地，但以權有所屬，或不得竟如台恉，此僕所以深為懸懸者也。夫平情而論，拙稿既售之後，於以後銷售之利，原不應更有餘思；而僕於此所不能忘情者：一、此書全稿數十萬言，經五年之久而後告成。使泰西理財首出之書為東方人士所得討論；而當時給價不過規元〔銀〕二千兩，為優為絀，自有定論。【嚴在一八九九年十月九日的信上說「承許以兩千金購稿，感謝至不可言」】。二、舊總辦何梅翁在日，於書價分沾利益，本有成言。三、於現刷二千部，業蒙台端雅意，以售值十成之二見分，是其事固已可行；而僕所請者，不過有一字據，以免以後人事變遷時多出一番唇舌，而非強其所必不可」（頁五四三）。這封信長達兩整頁，都在力爭抽分之事。以上所引，只是其中一半要點，但已可見嚴復對此事關切之深。

同年（一九〇一）九月初二的信中，與《原富》相關者二事，一是抽分之事：「《原富》

分利一節，有兄在彼，固當照分，所以欲得一據者，覬永遠之利耳。然使其人不相見愛，則後來所賣，用以多報少諸伎倆，正可使所望皆虛，吾又烏從而禁之乎？不過念平於牟利一途百無一當，此是勞心嘔血之事，倘可受之無愧，且所求蓋微，於施者又為惠而不費之事；若聞者猶以為過，則亦置之不足復道也」（頁五四五）。從這段話看來，此事似乎尚無定論，出版社內部仍有爭議。另一件是託吳汝綸寫序的問題：「《原富》之本傳、譯例均已脫稿，寄往保定多日，交摯甫斟酌，並乞其一序，至今未得回音，正在懸盼，頃擬信催，俟寄來即當奉上。渠前書頗言，欲見全書，始肯下筆；如五部均已刷印，即寄一二分見賜，以便轉寄與此老，何如？」（頁五四五）。

書稿之事大至底定。嚴在光緒二十七年「除夕前二」（即十二月二十七日），也就是西元一九〇二年二月五日的信上說：「人來訪我，言次必索《原富》。月初已將吳序寄將，想已接到；頗望此書早日出版，於開河時以二三十部寄復，將以為禽犢之獻也」（頁五四六）。過了一個多月（正月卅），再催此事：「都門人士，每相見時，輒索《原富》，不知此書近已畢校刷行否？信來見告，以慰懸懸。最好有便人北上時，托其攜帶一二十部見與，其價值自當照算也」（頁五五一）。同函中另談一事：梁啟超在《新民叢報》第一期內，對《原富》的前兩卷（在一九〇一年已先出版）有所批評。嚴復說：「近見卓如《新民叢報》第一冊，甚有意思；其論史學尤為石破天驚之作，為近世治此學者所不可不知。……《叢報》於拙作《原富》頗有微詞，然甚佩其語；又於計學、名學諸名義皆不阿附，顧言者日久當自知吾說之無以易耳。其謂仆於文字刻意求古，亦未盡當；文無難易，惟其是，此語所當共知也」（頁五五一）。

以下轉談嚴請吳寫序的事。一八九八年三月二十日，吳給嚴的信上只有一句話與此書相關：「斯密氏《計學》稿一冊，敬讀一過，望速成之，計學名義至雅訓，又得實，吾無間然」（頁一五六二）。過了五個月，吳的反應就明確多了：「惠書並新譯斯密氏《計學》四冊，一一讀悉。斯密氏元書，理趣甚奧賾，思如芭蕉，智如涌泉，蓋非一覽所能得其深處。執事雄筆，真足狀難顯之情，又時時糾其違失，其言皆與時局痛下針砭，無空發之議，真濟世之奇構。執事虛懷謙挹，懃懃下問，不自滿假。某識淺，於計學尤為檮昧，無以叩測淵懿，徒以期待至厚，不敢過自疏外，謹就愚心所識一孔之明，記之書眉，以供采擇。其甘苦得失，則惟作者自喻，非他人所能從旁附益也」（頁一五六二）。

從翌年（一八九九）三月十一日吳的信可知，嚴已寄了四冊譯稿請吳雅正，吳的回應是：「惠示並新譯《計學》四冊。斯密氏此書，洵能窮極事理，……得我公雄筆為之，追幽鑿險，抉摘奧賾，真足達難顯之情，今世蓋無能與我公上下追逐者也。謹力疾拜讀一過，於此書深微，未敢云有少得，所妄加檢校者，不過字句間眇小得失。又止一人之私見。徒以我公數數致書，屬為勘校，不敢稍涉世俗，上負誣謏高誼。知無當於萬一也。獨恐不參謬見，反令公意不快爾。某近益老鈍，手蹇眼滯，朝記暮忘，竟諄諄若八九十。心則久成廢井，無可自力」（頁一五六三）。吳的態度消極，嚴於二月七日（農曆）再函談此事。吳在四月三日的回應中仍然消極推卻：「得二月七日惠示，以校讀尊著《計學》，往往妄貢疑議，誠知無當萬一，乃來書反復齒及，若開之使繼續妄言，誠謙挹不自滿假之盛心，折節下問，以受盡言，然適形下走之盲陋不自量，益增慚恧」（頁一五六四）。此事至此都只有吳的信函可當佐證，嚴致吳的信雖多，但有留下來的只有三封，第二封（一九〇〇年元月二九日）內簡要地談及此書：「……《原富》拙稿，新者近又成四五冊，惟文字則愈益蕪蔓，殆有欲罷不能之意，以□□之雅，乃累先生念之，豈勝惶悚。……《原富》未譯者尚余五分之一，不以作輟間之，夏間當可蕆事。而成書後，一序又非大筆莫誰屬矣。先生其勿辭」（頁五二二—三）。

吳在一九〇一年六月四日的回信中，態度還是推卻：「《原富》大稿，委令作序，不敢以不文辭。但下走老朽健忘，所讀各冊，已不能省記。此五冊始終未一寓目，後稿更屬茫然。精神不能籠罩全書，便覺無從措手，擬交白卷出場矣」（頁一五六六）。嚴在同年秋再去一函（無日期），堅持再請：「數日前曾郵一書，並拙作《斯密亞丹學案》，想經霽照。昨有友赴保，托其帶呈甲部兩冊，茲復呈上譯例言十五條，敬求削政。此二件並序，皆南洋譯局所待匯刻成書者，即望加墨賜寄，勿責促逼也。此序非先生莫能為者。惑者以拙著而有所觸發，得蒙速藻，則尤幸矣！」（頁五二四）。此後無雙方信函可再說明此事的發展，但從《原富》書中可知，嚴的「譯事例言」是一九〇一年九月寫的，吳的序文作於一九〇一年十二月（頁五二四）。吳在一年多後（一九〇三）去世。

《原富》在一九〇二年出版後，黃遵憲寫信告知他的讀後感（無日期，應在下半年）：「本年五月獲讀《原富》，近日又得讀《名學》，雋永淵雅，疑出北魏人手。於古人書求其可以比擬者，略如王仲任之《論衡》，而精深博則遠勝之。……《新民叢報》以為文筆太高，非多讀古書之人，殆難索解。公又以為不然。……至於《原富》之篇，或者以流暢銳達之筆行之，能使人人同喻，亦未可定。此則弟居於局外中立，未敢於三說者遽分左右袒矣」（頁一五七一—二）。夏曾知在一九〇三年元月七日寫的信最富趣味：「《原富》前日全書出版，昨已賣罄，然解者絕少，不過案頭置一編以立懂於新學場也。即請著安」（頁一五七四）。

## 二、回應

在將近一世紀之後重讀嚴復譯案的《原富》（一九〇二），會有怎樣的感受與省思？有兩個題材可以思考：(1)純就學術而言，中國知識界對嚴復的翻譯以及《原富》有過哪些不同的回應？(2)從經濟政策的角度來看，《國富論》所主張的最小政府、自由放任、自由貿易，可以適用在晚清的經濟環境嗎？

胡適原名胡洪騂，少年時讀到嚴復譯《天演論》內的一句話「優勝劣敗，適者生存」，驚戒之下改名自惕，這是學界熟知的事：「我有兩個同學，一個叫做孫競存，一個叫楊天擇。我自己的名字也是這樣風氣底下的紀念品」（《四十自述》）。

錢穆也受過嚴復譯書的影響，略引述如下：「……仲立遂於架上取一書，云：此書久欲讀而無暇，君試先讀，何如。余視之，乃嚴復譯英人斯賓塞《群學肄言》。余答大佳。……余返學校，讀嚴書，一一如仲立言，查字典，黏貼紙條。讀至一半，自嫌所查生字太多，慚以示人。並欲加速完工，不免輕慢，不再一一查注。既畢讀，攜書去仲立齋。仲立問余書中大義，及余讀後意見，仲立聽之不倦，時露喜色。……然仲立自此益親余而加敬，屢讚余善讀書，能見人所未見。……仲立言，今日起，當如前例，君試再取一書去。余言：願續讀嚴譯，遂取架上嚴譯穆勒《名學》一書。……余自讀此兩書後，遂遍讀嚴氏所譯各書，然終以此兩書受感最深，得益匪淺，則亦仲立之功也」（《師友雜憶》頁六九－七〇）。

然而也有人相當懷疑嚴復的眼光和學問：「英人甄克思著《社會通詮》，侯官嚴復譯述箸錄，其所言不盡關微旨，特分圖騰社會、宗法社會、軍國社會為三大形式而已。……嚴氏皮傳其說，以民族主義與宗法社會比而同之。……夫學者寧不知甄氏之書卑無高論，未極考索之智，而又非能盡排比之愚，……以世俗之頂禮嚴氏者多，故政客得利用其說以愚天下；抑天下固未知嚴氏之為人也。少游學於西方，震疊其種，而視黃人為猥賤，若漢若滿則一丘之貉也。……聞者不憭，以其邃通歐語，而中國文學湛深如此，益之以危言足以聳聽，……就實論之，嚴氏固略知小學，……至於舊邦歷史，特為疏略，……觀其所譯泰西群籍，於中國事狀有毫毛之合者，則矜喜而標識其下，乃若彼方孤證于中土，或有牴牾則不敢容喙焉。……今就《社會通詮》與中國事狀計之，則甄氏固有未盡者，復有甄氏之所不說，而嚴氏附會以加斷者；又有因嚴氏一二狂亂之辭，而政客為之變本加厲者。……」（章太炎：《社會通詮》商兌〉，《民報》第十二期，一九〇六年二月）。

我們可以用「同情的了解」來替嚴復辯解：(1)他的專業訓練是海軍，不是人文社會科學；(2)就算他有上述的缺失，當時全中國還有誰能又譯又案這些不同學門的典籍？(3)章太炎能譯案《原富》和《名學》嗎？(4)在短短的案語篇幅內，豈能和章氏一樣暢所欲言？綜言之，嚴復的中西兩學雖有可論之處，但中國若有百位嚴復型的譯者，必是社會之福；章氏從革命者的觀點，批評「嚴氏一二狂亂之辭，而政客為之變本加厲者」，失之厚道。

略知嚴復諸書對社會的影響之後，再來看知識界對《原富》的反應。最有名的是梁啟超在《新民叢報》一九〇二年第一期發表的〈紹介新著《原富》〉；文長四段，約一千五百字。第一段介紹作者與此書在西洋思想史上的意義，並大略解說五篇的內容。梁啟超說「嚴譯僅譯第一第二編，其後三編尚未完成」，他所見到的是首二卷的譯本（一九〇一年出版）而非全譯本。梁啟超認為「但全書綱領，在首二篇」，他尚未讀到後三篇，如何能下此判斷？若從經濟自由主義的角度來看，此書的要點在第四篇，第一、二篇所著重的是基本學理，或許梁啟超看重的是這個層面：「但全書綱領，在首二編。學者苟能熟讀而心得之，則斯學之根基已立，他日讀諸家之說，自不至茫無津涯矣。」

第二段簡短幾行，介紹嚴復的譯法：「嚴氏于翻譯之外，常自加案語甚多，大率以最新之學理，補正斯密所不逮也。其啟發學者之思想力、別擇力，所益實非淺鮮。至其審定各種名詞，按諸古義，達諸今理，往往精當不易。後有續譯斯學之書者，皆不可不遵而用之也。」

第三段是對嚴譯的評價：「嚴氏于西學中學皆為我國第一流人物，此書復經數年之心力，屢易其稿，然後出世，其精善更何待言。但吾輩所猶有憾者，其文筆太務淵雅，刻意摹仿先秦文體，非多讀古書之人，一繙殆難索解。夫文界之宜革命久矣，況此等學理邃頤之書，非以流暢銳達之筆行之，安能使學僮受其益乎？著譯之業，將以播文明思想於國民也，非為藏不朽之名譽也。文人積習，吾不能為賢者諱。又吾輩所欲要求於嚴氏者有兩事：一曰將所譯之各名詞列一華英對照表，使讀者可因以參照原書，而後之踵譯者亦將按圖索驥，率而遵之，免參差以混耳目也；一曰著敘論一卷，略述此學之沿革，斯密氏以前之流派若何？斯密氏以後之流派若何？斯密氏此書中位置功德若何？綜其概而論之，以餉後學。今此書曾無譯者自序，乃至斯密亞丹為何時人，《原富》為何時出版，亦未言及，不得不謂一缺點也。」我完全同意這段批評。

第四段是題外話，與《原富》無關。嚴復對這篇書評的回應刊在一九〇二年第七期的《新民叢報》上，名為〈與《新民叢報》論所譯《原富》書〉（下注壬寅(一九〇二)三月），文分三段。首兩段論譯事與西學東漸之難，末段回答兩項具體的評論：(1)英漢對譯表，(2)對原書的介紹何以不全。「台教所見要之兩事：其本書對照表，友人嘉興張氏既任其勞；若敘述派別源流，此在本學又為專科，功巨緒紛，非別為一書不能晰也。今之所為，僅及斯密氏之本傳，又為譯例言數十條，發其旨趣。是編卒業，及一歲矣。所以遲遲未出者，緣譯稿散在友人，遭亂觝滯，而既集校勘，又需時日。幸今以次就緒，四五月間當以問世。」這段話佐證了全譯本是在一九〇二年四五月間出版的（嚴復的「譯事例言」是一九〇一年辛丑八月寫的，吳汝綸的序是一九〇一年十一月寫的），梁啟超所評論的是初譯本的前兩冊。嚴復在此信末附一段詳述他為何譯經濟學為「計學」，他在壬寅四月又函再論譯為「計學」之苦心，刊在

《新民叢報》十二期上（此三信收錄在《嚴復集》第三冊頁五一三—九）。

梁啟超知道此書的重要性，也明白一般讀者閱讀《原富》可能有困難，所以他在《生計學學說沿革小史》（第九章）內，摘述此書的要旨：「嗚呼！斯密氏之學說，披靡西土者已百餘年，今且為前魚矣，為積薪矣，而其書乃今始出現於我學界（斯密《原富》譯本去年始印行）。然鄉曲學子，得讀之者百無一焉，讀之而能解其理者千無一焉，是豈不可為長太息也。吾今故略述斯密之性行學術，且舉其全書十餘萬言，撮其體要，以紹介諸好學諸君子。……吾欲以此書為讀《原富》者之鄉導云爾」。

在最近的一篇文章內，俞政（一九九七）對這個問題作了更深入的研究。他從吳汝綸、梁啟超、孫寶瑄等人的著作，以及一九〇五年二月二一—三日刊在《申報》的一篇文章〈論禁米出口之無益於民生〉，說明《原富》在出版後不久，在知識圈內已有明顯的影響，「但局限在文化素養高而且喜愛西學的維新知識分子中」。雖然從吳汝綸和梁啟超的反應，可以顯示他們對此書的理解深度不夠，但在孫寶瑄的文字和《申報》的文章內，可以看到《原富》的訊息已有效地烙下了印記。俞政認為如果《原富》的影響範圍不大，嚴復的譯文淵雅古奧只不過是表面性的次要因素，主要的原因是：廿世紀初期，中國碰到太多的國難，大部分的注意力傾向於救國圖強性的政治軍事問題上，對生計學理的注意力較少，對一本十八世紀下半葉的英國經濟學著作，很難期望中國讀者有明顯的反應。俞政的結論是：《原富》在廿世紀初期的境遇，可以說是「生不逢時，曲高和寡」（頁九—十一）。王亞南在一九六二年元月十三日的《人民日報》上說《原富》的影響很小，甚至「連純學術的影響也談不到」（林其泉一九九三：九〇）。我想主要的原因，是當時的知識界對經濟學尚無印象，或甚至以為這是「言利之學」，也許還有點鄙視的心態。

## 三、評估

以上是部分讀者對《原富》的反應，接下來要問的是：以當時晚清的經濟環境，嚴復譯介這本以反對政府干預、主張市場自由競爭、國與國之間自由貿易為主旨的《國富論》到中國，(1)在學說上和時機上是否符合中國的需要？也就是說，嚴復從西方取來的「經」，對中國衰敗的經濟是一帖良方嗎？(2)政界和知識界的反應如何？(3)和當時其他人士對經濟政策的看法相比，有何不同？以下分點解說這三個問題。

一、《原富》對中國的經濟實況助益有限。當時中國已因列強的工業產品和鴉片傾入，國際收支赤字嚴重，這種狀況有點類似十九世紀初期的德國和十九世紀中後期的日本：經濟結構上還是以農業為主，社會上保守意識甚濃。按理說，當時中國所需要學習的對象，是德、日保護民族幼稚工業的經濟政策，以求在國際市場生存；而不是和殖民重商主義強權諸國一樣，主張自由放任式的開放經濟政策。

《國富論》反對重商主義、提倡自由貿易的說法，在英國自有其社會因素和經濟條件，以及文化思想上的支持；此書後來對一七七〇－一八七〇年間自由經濟的興盛也有間接之功。但那一套世界經濟自由化的理論，只對英國有利，對工業較落後的德、美、義、俄、日諸國而言，因為在國際市場上無法與英國競爭，很自然地就興起保護主義的浪潮。其中以李斯特 (Friedrich List, 1789–1846) 所提倡的「國民經濟」最具代表性。李斯特在《國民經濟學體系》中明確指出：日耳曼諸邦的經濟還停留在農業階段，工業結構幼稚脆弱，在無法與外人競爭的情況下，如果又相信史密斯等人的國際自由貿易說，則必因工業的傾覆而敗亡。李斯特並非完全反對自由貿易，而是認為各國應據各自的經濟狀況，調整其經濟政策，先顧慮「國家」的經濟自立，然後再談「世界」經濟的共榮。他的經濟政策分為三個階段：(1)先鼓勵國內自由貿易，使本國經濟脫離原始落後的狀態，先在農業上求進步與發展。(2)然後採取保護措施，協助本國幼稚工業、漁業、對外貿易的發展。(3)待國家經濟達到某種成熟度時，再採國際之間的自由貿易政策。他認為當時的英國已在第三階段，而德國、美國仍在第二階段，所以他極力批評「英國惡毒與奸滑的商業政策」：英國在十八世紀主張國際經濟自由化，猶如拳王主張拳賽不應依體重來分級。

中國當時的處境還在第一階段，而《國富論》是史密斯在英國處於第三階段時期的著作，在學說上和時機上都不合乎廿世紀初期中國之需。以中國當時的「病情」，應該去找德國、日本等有過「同病」的醫生，開出保護的藥方才較合情理。嚴復把英國居世界經濟體系中心時期的經濟政策，介紹到處於狂風暴雨中難以自保的中國，若想因而對中國經濟有起衰振蔽的作用，那是「找錯了醫生，開錯了藥方」。

從另一個角度來看，歐洲重商主義所追尋的是「財富」與「權力」，這正符合嚴復要為中國追求富強的目標，為什麼他捨棄重商主義（教人如何富強）或保護主義（教人如何生存）的著作，而去譯介史密斯這本追求經濟自由主義、反對重商主義的著作？(1)因為他未必知道有德國的國民經濟學派可供借鏡。(2)因為當時世界智識的潮流以英國為馬首，他對英國的語文和國情又較熟悉，對德法日的經濟學說較少接觸。(3)他譯赫胥黎的《天演論》，在中國社會引起了「求強」的強烈呼應，所以想譯介《國富論》以達到刺激「求富」的心態。我認為很有可能是《國富論》這個書名，引發了他譯介此書的動機，而不一定是此書的內在邏輯或經濟政策的優越性吸引了他。

二、知識界和政界的反應也不熱烈。目前所見談論《原富》的研究，多集中在討論嚴復案語中的「經濟思想」，少見談論社會大眾對此書的反應。可能的原因是：(1)《原富》未能像《天演論》一樣提出「物競天擇、適者生存」這樣短潔有力，又正中急思國家強盛的大眾的心態。(2)「中國士大夫以言利為諱，又忕習於重農抑商之說」，再加上嚴復用文言文譯西洋經濟學的名詞與概念，中文讀者要想瞭解這些抽象、陌生的名詞，以及古老、遙遠的西歐經濟情勢，會有很大的困難，所以共鳴亦小。這也說明了何以《天演論》被熱烈地接受，而《原富》卻相對地被忽視。對掌握實際經濟決策的官員而言，他們深切瞭解中國的處境，也有強烈的求富求強之心，他們應該會比嚴復更切知自由競爭、開放中國市場的後果，所以想藉著扶持幼稚產業（如招商局、漢冶萍公司），來和國外企業對抗，可惜成績不佳，被嚴復評為「盜西法之虛聲，而沿中土之實弊」。晚清試圖發展國家產業的政策或許沒預期的成功，但決策者也未必完全昧於事實，他們的基本路線還算是合理，只是執行上的績效沒達到國人的預期。

三、較有政治現實感的人士，有某些論點接近「國民經濟學派」，試舉一例。梁啟超在《生計學學說沿革小史》第五章末很明白地說：「重商主義在十六世紀以後之歐洲，誠不免阻生計界之進步，若移植於今日之中國，則誠救時之不二法門也。中國地大物博，民生日用之所需，可以無待於外。外貨之流入中國也，以其機器大興，故成貨之勞費少而成本輕，製造巧而品質良也。使我能備此二長，則吾國所自產之物，必足供吾國人所求而有餘，雖關稅稍重，客貨價騰，而必不至病民，是阻遏於所入之策可用也。……如是則不惟在內可以為守，抑且對外而可以為戰，是獎勵於所出之策可用也。蓋無論何人，必經數十年提攜顧復，然後人格乃成，無論何國，必經一度之保護獎勵，然後商務乃盛。……故今日如實行所謂重商主義者於中國，其勞費必逾少，而結果必逾良，有斷然也。……」他對史密斯反重商主義的看法是：「故斯密之言，治當時歐洲之良藥，而非今日中國之良藥也。」梁是保護幼稚工業論者，主張採取西歐式的重商主義政策，但以晚清的條件來說，若要行經濟自由主義，恐怕很快地就被列強長驅直入；若要行歐式的重商主義，那就需要有強大的國力和軍力作後盾，才能在世界市場上有一席之地，而中國哪有這項條件？

綜合以上，我認為把《國富論》當作尋求富強的處方並不恰當，《原富》對中國當時的經濟決策也沒產生顯著的影響力。從智識面來看，中國知識界也未因嚴復的譯介，而對西洋經濟學說有更明確、更系統的理解；西洋經濟學真正傳入中國是較後來的事，其中有一大半是透過留日學生引介進來的。

## 四、省思

經濟思想史和人文思想史所處理的題材雖不一樣，但基本原則仍是互通的。經濟思想史的研究可分為絕對主義與相對主義兩種：絕對主義是以嚴謹的立論，說明、比較、分析某項主題（如價值理論、工資理論、利潤理論），看它是如何從粗糙的概念，逐漸趨向圓熟。而相對主義則視某項理論之所以會在某個時期成立，一定要考慮它的時代條件，並從這個角度去做同情的瞭解。

本書顯然是屬於相對主義這個角度，因為目的是想進一步瞭解一套陌生的文化體系（以經濟學的「開山之作」《國富論》為例），在和完全無此種詞彙與概念的中文讀者初次交會時，所發生的扭曲、誤解，或甚至是「語意膨脹」的現象。（經濟）思想史研究者的立場是在瞭解而不在判斷，但在研究的過程中難免會對所研究的問題參與見解。雖然我認為《原富》在經濟政策方面對中國不見得適用，但我並無責難嚴復之意。

我對嚴復的譯文非但無責難之意，而且還相當尊敬。試想在無前例可循的環境下，要翻譯一本困難度這麼大而且非他專業領域的鉅著，若無嚴復的苦心，中國知識界可能還要再等二十—三十年，才有可能（透過日譯本轉介）知曉這本重要的著作。誠如他對張元濟所說的：

「……有數部要書，非僕為之，可決三十年中無人為此者；縱令勉而為，亦未必能得其精義也。……」（《嚴復集》第三冊頁五二五—六），這恐怕是實情。嚴復譯案《原富》過程中的誤解、扭曲、語意膨脹、借題發揮、託譯言志，是兩種迥異思考體系交會時，譯者在無法超越原著的文體與內容，而又激切地想以那套思想來激起國人的意識時，所產生的驚異性結果。

《國富論》中所提倡的經濟自由主義，在一八七〇年以後的英國，已被國家主義和十九世紀的新帝國主義取代。英國在廿世紀初期，社會主義已興起（如費邊社），自由派人士已被視為「保守反動的托銳」(toryism)，而中國還在從這些「半屬舊籍，去時勢頗遠」（梁啟超語）的著作中尋找真理，甚至還找錯了藥方（例如應找國民經濟學派，而非自由經濟學派）。換個角度來說，經濟自由化並不是超越時空的真理，而是很受實質環境的條件所決定：廿世紀初期在中國談史密斯的《國富論》，基本上是錯誤的；但史密斯的自由經濟論，對一九八〇—九〇年代的臺灣和一九九〇年代的大陸經濟，則是恰當的處方。

# 二、隨筆

# 人生三願

我兒子讀國小二年級上學期末時，老師給了一項作業，要他們當小小記者訪問爸爸。共有六個問題，有一大半是資料性的：在哪裡工作？負責哪一方面的事等等，其中的第五題是：「爸爸的夢想是什麼？怎麼實現？」

我說：「我有三個願望」，兒子用半注音半國字的方式寫下這句話，然後抬頭看著我。「第一個願望是吃得下飯。」他愣了一下，認為我在開玩笑，很鄭重地表示這項作業的分數，是其他作業成績的三倍，所以不能隨便。我說你是記者，人家怎麼說你就怎麼寫，既然不相信就不要訪問好了。他無奈地寫下：「第一個願望是吃得下飯。」「第二個願望是睡得著覺。」他這下著急了：「別人的願望都是要當科學家或是做重要的事情，你的願望連小孩子都會，你是不是想害我被老師處罰？」我又重複先前的說法：不相信就不要訪問。他急得跑去廚房向媽媽哭訴，她也同意說記者就是記錄者，不能要求訪問者如何回答。他擦乾眼淚寫完這句之後，抬起頭失望地看著我。「第三個願望是笑得出來」，這下子他失去控制了：「別人的父母都是在幫助子女，只有你才會存心害自己的小孩。」

「要不然你照我的話寫完之後，再寫一篇〈我眼中的爸爸〉附在後面，讓老師瞭解這不是你隨便寫的，而是你爸爸的本性就是如此。」他覺得有道理，憤恨之下很快地寫了一篇沒分段的作文，我除了把注音改為國字之外，照抄如下：

「我每次重要的問題要問我爸爸的時候，他都想騙我，可是我跟他說：這是很重要的問題，他還是繼續開玩笑，我跟他說：這可是分數最高的作業，所以我爸爸做什麼事都是隨隨便便的，每次一回家，鞋子也不脫，就看電視，而且都看摔角、相撲。都是一些無聊的電視。所以這個爸爸還要嗎？雖然他有很多缺點，但是他還是很疼我呀！我爸爸很奇怪，一下子罵人，一下子又對你好。可能我是他兒子吧！也可能是腦筋有問題吧！老師，妳覺得呢？」

第二天我問他老師怎麼說？他有點不好意思：「老師上課時叫我到前面，說我的訪問和作文寫得非常好，給我九十八分，是全班最高的，比班上的模範生還高，還把我的作文唸給全班聽。」「那她有沒有說為什麼？」「她說她先生的工作最近不太順利，已經有好幾天睡不著覺，也只吃得下一點東西。你爸爸的三個願望很有意思。」「那你現在瞭解我不會害自己的兒子了吧？」他點點頭，可是還不能明白為什麼。他老師把〈我眼中的爸爸〉拿去參加作文比賽，得到入選獎，對功課平平的他，這是一大驚奇。希望他在人生的旅程中，能比我晚許久才體會到・要實現這三個願望還真不太容易。

《中國時報・浮世繪》
一九九八年二月四日

# 休止符

一九九一年二月中旬，我自己一個人去日本旅行十天，上一次是六年前和旅行團走馬看花一個星期，也談不上什麼觀察，只是有了初步的印象而已。第二次的自主性較強，空餘的時間也較多，所去的場所大都是和自己相關的地方。我注意到一個JR東海鐵路的廣告，因為它在各種公共場所都不斷地出現，說詞也很有意思。

廣告的標題是：「日本，休息吧！」我看到三種不同的版本。第一種是一位五十多歲成功企業家的模樣，笑容滿面，旁邊有一段說詞，大意是：如果不把肩上的負擔暫時移去，就不會有空暇去反省，也就不會有更好的想法出現，而企業的再生是需要有新想法來支持的。言下之意是：稍微休息吧，休息是一件具有創造力的活動。

第二種畫面是一個六、七十歲的日本料理店老板，叫做「田村平治」，大概是一家有名的店。他有一頭梳理整齊的白髮，一副安靜和祥老爺爺的模樣，旁白是：慢慢地吃，才能深刻地體會到食物的妙味；人生也應該細細地品嚐，不是嗎？

第三位勸人休息的是個音樂家，我忘了他的名字，但他的說詞最動人：在音樂裡，休止符是很重要的，在最短暫的片刻裡，聽者可以整理一下上一段的內容，以及為下一段的音樂做好心理準備。大標題是：日本，休息吧！

我也注意到這三種廣告在《朝日新聞》和其他報紙上以全版刊登。為什麼要刊登這種勸人休息的「公益」廣告？因為日本人太忙了。可憐的日本人，住家、辦公室、學校、游泳池、海邊都那麼小，工作壓力那麼大，而社會又以勤儉為美德，傳統上人人都努力工作，以向公司邀功、以驕其妻兒都來不及，現在為什麼要向社會呼籲，請各位多休息呢？

因為日本人工作太勤，沒時間做戶外運動，身體不夠健康，很多人得了「工作中毒症」，反而增加了醫療費用的「不健康」支出；因為日本人太忙，無暇顧及妻子兒女，增加了家庭與社會問題；因為日本人太忙，賺了許多錢而無暇花用，掉入了「節儉的矛盾」陷阱。所以如果有時間休息、多消費，可以帶動服務性產業的發達，增加了國家經濟的活力，更可以減少家庭與社會的問題。

看到這樣的廣告，真令人印象深刻。是的，休息是重要的。臺灣社會也到了應該公開提倡休息的階段嗎？讓我們休息一下，一起來想想這個問題吧！

《自立早報》

一九九二年元月三十日

# 次文化

臺灣的學校裡都有各式各樣的地圖和地球儀，但很少見到人文地理的地圖。如果有這種地圖的話，那麼大概只有中國、美國、日本三種文化圈了，最簡單的證據就是：每次諾貝爾文學獎的得主，對臺灣大眾，甚至包括文學界在內，都是陌生的名字。

一個人在養成時期所受的教育，對他一生的行為與思考都有決定性的影響。日據時期受教育的人，在文化上、語言上仍不時會流露出來，但這批人大都分佈在中低層機構裡，如銀行經理或企業負責人等。戰後臺灣的決策機構，在硬體和軟體兩方面幾乎全是美式架構的中國版。

硬體方面如高速公路，軟體方面如國科會、研考會這些高層的組織也都是抄自美國。這其實也無可厚非，因為只要真正發揮了功能，從哪個文化借來哪種制度都無妨，真正讓人反感的是附著在這套體系下的次文化行為。

曾任中央銀行總裁的謝森中先生在記者會上夾說太多英文，有些記者因為跟不上而在文章中抱怨，這真是古今奇觀。你可以想像哪一國的中央銀行總裁夾著許多外國話來「驕其國民」？這也許是他個人在外國多年的語言習慣，而非有心誇炫。問題在於這只是一個顯例。一般大學、研究機構、政府機構內部人員私下的談話中，英語已成為一種社會認同的辨認符號，這就構成了一個嚴重的文化尊嚴問題，顧炎武在〈廉恥〉裡很早就說過：「教其鮮卑語及彈琵琶，稍欲通解，以此伏事公卿，無不寵愛。」這種現象在沒落的文化中是必然會出現的。晚清與外國時常簽訂割地賠款條約，某次中方代表拿鋼筆在文件上簽署他的英文名字，外國代表趁機羞辱，拍案怒曰：「你是要我拿毛筆寫我的中文名字麼?」低卑的人從來不會思考自己行為的適當性。

臺灣是一個典型的次文化地區：是中國的次文化（臺灣國語）；是日本的次文化（不只反映在日據時期受教育的人身上，更反映在現在臺北東區青少年的外表上）；更是美國的次文化（在臺灣所謂的西洋歌曲，其實只是美國歌曲的一部分，ICRT電臺在民間受到肉麻式的歡迎）。美國文化對外國影響最成功的恐怕是在臺灣：總統是康乃爾大學的博士，中央銀行總裁、財政部長、經濟部長、研考會主委都曾留學美國，要找一個決策階層人士而無親美傾向的人還真不容易。臺灣真實的人文地理，地圖上會是一個佔百分之五十的美國和百分之廿五的日本和同樣面積的中國。

《中國論壇》第三四六期
一九九〇年二月廿五日

# 聖美善真

我們的文化裡充斥箸各式各樣不知所云的詞語，而大家卻又用得很熟練，尤其是中等教育裡強硬灌輸的一些哲人聖語，更是讓人莫名其妙。例如，大家所熟知的「人者仁也」，雖然教材裡極力解釋，但總是隔了一大層，我至今仍不明其義。在大眾媒體或某些人的口語中，也常會聽到「天人合一」、「仰不愧天、俯不怍地」等名言。這些歷史文化的「菁華」我並不反對，我只要求玩弄名詞的人，能把聖哲語言用現代能瞭解的意思，解釋成具有實質意義的動詞，好讓我們這些小知識分子能有所遵循。聖哲的語言必須從名詞轉化為動詞才會有生命。

最近看到輔仁大學的校訓「聖美善真」，對這四個既熟悉而又完全不理解的詞感到難解。天主教學校在人人耳熟能詳的「真善美」之上加了一個「聖」字，當然是神的意思。從這一個很難理解的校訓，我們可以聯想到許多「說得做不得」的校訓，例如「親愛精誠」，這和知識的學習與傳授有何相干？又如「禮義廉恥」，為什麼這是中小學生必須瞭解的學校精神？同樣地，試看各校的校歌，大都是一些需要查字典才唸得出的歌詞，而且意思也很費解。為什麼在中小學裡有這麼高深層次的訴求，而在大學以及研究的階段上，思想卻又那麼貧乏膚淺？這是「少棒效果」：小時了了大未必佳。

現代大學畢業生有多少人能全盤瞭解《三字經》和《千字文》的內容？我是不懂的。這也反映了我們從前的幼稚教育完全未開發，學習者根本不知道自己在學什麼，只會複誦而已。我很希望輔仁大學能舉出一個「真實」的人物，說明他真的做到過「聖美善真」的境界，否則這種校訓是無效的。

《首都早報》

一九九〇年五月廿二日

# 文章與意淫

寫文章是意淫的一種表現，是把精神上的衝動自我宣洩，以求自我滿足的一種過程，這種快感是自我完成的，別人不一定能分享。我們從一篇好文章或一本好書中所得到的滿意程度，取決於一項要件：作者的表現很精采，能滿足我的窺視衝動。

三毛的文章能滿足社會上某部分人群的精神欲望，龍應台的文章也有相同的功能。而這些作者之所以會去拿筆寫出，大致上都是有了衝動，而且是壓抑不住的狂濤，在他們的目標（三毛的愛情或龍應台的社會問題）未消失之前，他們必須作部分的「洩洪」，只好用手來暫時自我滿足，同時也讓有同樣「毛病」的讀者群完成Peeping Tom的過程。

剛拿到學位的年輕人，就像是剛剛發育的青少年一樣，很需要更進幾步的錘鍊。但學界中有不少這類的少年才俊，急著進入行政工作或在江湖行走，頂著一張博士文憑給自己壯膽。在體格尚需鍛鍊之際，就迫不及待地向社會射精，而且頻度很高，當然不久就「哲人其萎」了。這些自瀆的小知識分子在這種行為不久之後，就更加需要西裝領帶來過日子了。

當然也有天賦異稟的人能長期到處去射精，既能演講又能寫社會文章，但這終究是少數。另有一種少數人，他們願意花上數十年的光陰，去專注一件他人看不出價值的工作或研究，其實道理是一樣的。這些人自有一股難向外人言說的衝動，「非把它弄出來不可」。這種衝動有時候不是自願的，而是被體內所發出的一股力量，在自我無法控制的情況下被驅策著。研究工作者、藝術家、小說家等等都是。

這種「衝動滿足」的過程正是文章、藝術、發明的主要機制。如果你不同意說文章與意淫之間有關係的話，一般的徵稿啟事上不都是說：「長短不拘」、「深入淺出」嗎？

《自立晚報》

一九八九年十二月七日

# 蚊子

我比別人更不能忍受蚊子，倒不是捨不得那半滴血，而是忍受不了它的免費贈品（蟻酸），那種輕微的腫癢會讓我十分煩躁。

從前有個道士想修鍊忍性，向人說要藉著「齋蚊」來堅忍其性，旁人好奇地躲著看他如何鍊功。入夜之後，靜坐庭中，蚊蟲雲集，頗具聲勢。開始時尚能不為所動，不久終於按耐不住，揮掌拍死飽食鮮血的惡蚊。旁人出而問之，何以如此。怒答曰，這幾隻貪心的蚊子已經來吸第三次了，非不能忍其叮擾，而是惡其貪也。

蚊子的種類很多，我們平常就近能常見到的是家蚊。客觀地說，它的顏色雖不討喜，但造型卻很優雅。我喜歡觀賞蚊子，看它找尋鮮血的過程與技巧，尤其是在逼近目標時的盤旋與攻擊動作。它在看準目標後，會在周遭快速地徘徊巡查，最美妙的是衝抵皮膚時的煞車姿態，輕穩優雅，然後舉針刺入。

對蚊子而言，舉針刺入的瞬間，應該是它一生中很重要的片刻。我不明白一根細微的軟管，如何能穿透牛仔褲之後還能刺到血源；我也不知道舉針插入的過程，和脊椎動物勃起插入的機能是否類同？

有人說他曾經在蚊子飛近時故意讓它叮咬，如果針還沒插入夠深就驚動它的話，那自然沒趣。要正好在它打入針而還沒吸完的片刻，突然握拳繃緊肌肉，如果蚊子的小針恰好插在肌肉紋理內，據說會因突然的收縮而被肌肉纖維夾住。之後就看大爺的仁慈了，或是戲弄，或是拔一足一翅，或是……。

有一次在上課時，臺上的報告冗長無味，我只好目光遊走，恰見兩隻大型家蚊停在旁邊的課桌上。其時正好是美伊中東戰事後不久，各型戰機的雄姿在電視上時常可見，我看那兩隻蚊子靜停在桌面，尾部翹起、收翅、觸鬚鬆弛，完全像是兩架停在跑道上的戰鬥機。桌面一動，立刻彈躍昇空，急轉而逸，比我見過的空中武器都高明多了。

《自立早報》

一九九二年二月十三日

# 年齡

很少人問過我幾歲，但我自己卻常在想這個問題，現在比較知道要如何回答了。每個人都有三種年齡，第一種是身分證件上的法律年齡，第二種是真實的生理年齡，第三種是心智年齡。前兩種一望而知，可談性較淺，第三種的可談性較高，面向也廣，在情緒上所引發的激動性也不同。

我心目中的心智年齡，是以各行各業心智工作者的創造力來作為衡量標準。畢卡索在十五歲時就達到了傳統繪畫的成熟度，之後就朝向開闢自己風格的路走去。所以他在十五歲時的心智年齡，就已經是傳統繪畫家的五十歲或更多了。

文字方面的工作者，有不少人在二十歲時就隱隱約約的有了日後成熟階段的雛型，三十—五十歲之間所做的事，大都是把二十歲左右時的想法，以更具體和更有說服力的方式呈現出來。

相反地，像我這類普通的大多數，卻要到了該寫四十自述時，才警覺到自己的心智年齡大概是上述那些人二十歲時的情況。從這角度來看，我和他們之間至少相差了二十年。但從另一個角度來看，我到七十歲時也不見得能比得上那些高手在三十歲時的深度與廣度，這樣算來又差了四十歲。所以，從心智年齡來算的話，我能長到三十歲就很滿意了。

《自立早報》

一九九二年二月廿九日

# 厭惡與嘔心

沙特著名的存在主義小說《嘔心》(*La Nausée*, 1938)在中文被譯成「嘔吐」，錯得真讓人吐血。我到了快四十歲時還沒看完沙特在三十三歲時發表的這本小說，但回想起來，大約在三十五歲左右時我體會過厭惡與嘔心的滋味，但還沒有因而產生嘔吐的現象。

有自覺的人應該在更早就會有這種感覺，例如卡夫卡和沙特這型的人物，很早就把這種特質具體地表達了出來。平凡的我輩，在三十五歲左右就可以很清晰地看出，自己所想要的與自己所能為的之間，有一股結構性或甚至是層面性的鴻溝，看穿了自己的本質限度之後，悲哀的種子就快速地發芽茁長了。

結果是轉變為掙扎式的自棄，或是在自棄中掙扎。我厭煩自己膚淺的存在，更厭惡其他淺薄而且令人煩怒的存在，厭惡激起嘔心。平庸的存在！淺薄的喋喋不休！髒亂的環境與交通、不絕於耳的外語單詞、空洞無味的議論、簡陋的事件描述、垃圾式的論文，全都令人厭惡、噁心！

《自立早報》

一九九二年三月八日

# 社會性文字侮辱

「華人與狗不得進入」是大家最熟知的社會性侮辱文字。現今的社會中還時常可以看到字眼比較緩和，寫者無意、看者有心的類似文詞。例如，在公共場所的入口處，偶爾會見到「未滿一百公分者不得進入」，真是侮辱人到了極點，倒不如改為「智商未滿一百者不得進入」。當然，它的原意是不讓幼童進入，而又無法驗證年齡的情況下寫出的。這並未考慮到，某些人的身高不幸是在一百公分以下，而智商確實是在一百以上。

另外常在報章上也常看到「奸商」、「刁民」、「匪徒」等字眼；這些都是舊文化中文人自我意識膨脹過度，不尊重他人基本人格的封建名詞。甚至這幾天還在報上看到某項訴訟事件，被告在「訊後予以飭回」的詞句。在報上的訃聞中，也常看到「未亡人某某」。有位前輩曾為文指說，這是殉葬時代的遺物，意為「應亡而未亡之人」。這雖然只是慣用語，但含意實在不佳。在進口的圖書、工具書中，如有中共人物相片出現時，在進口檢驗時通常會蓋上「匪」、「酋」等字眼，真是沒風度到了應該自慚的程度。

更怪的是，郵票上印有國旗、元首肖像，然後用銷郵機在上面猛力戳銷，實在看不出有何敬意。每當夏日炎烤，見到圓環內的偉人銅像屹立，都會為他們叫聲委屈，這實在算不上社會性的尊重。

此外，我們也是一個不太尊重隱私權的文化：薪資單據明細表當作一般文件公開傳送；學生成績表公然張貼，較改進的做法已隱去姓名，但同班同學仍能相互知曉對方的成績。每個人都有隱私的權利，包括成績在內。

我們有汽車而沒有汽車文化，有民主而沒有民主文化，有自動提款機而不知應在等待線外等前一位先領完款。這些小事都不是什麼尖端科技，而是我們的基本教育根本缺乏這種概念。

《自立晚報》

一九八八年十一月三日

# 小動作

我們的行政體系中有許多規定是預防性的，但也顯露出小動作的痕跡，而且更顯出是（英語）美國中心主義傾向的。

以管理國家科技的國科會為例，在遴選副教授級以上人員出國研究一年的規定中，有一項有意思的條文，是要申請者提出語言能力證明。更有意思的是，「赴日、歐著名學術及研究機構若僅參與研究而不修課者，以精通英語即可（請檢附英語能力合格證明）」。在這項條文下，錢穆想到國外研究一年是沒有希望的，因為他考不過五百分的托福；沙特在這個制度下也要被淘汰，因為他的英文不夠好。當然這項規定是在防止無外語能力的人，但副教授級以上的人總有一些專業的成果可以評定，不必因為語言的能力而被排除。只要國外學術單位肯定他的專業成果，願意接納他為訪問研究人員，國科會又何必要考副教授級以上教員的英文程度？語文能力和專業成就可以是不相關的。

再說，赴日本、歐洲者竟然可以用英文成績即可，如果我是要赴義大利研究一年，而且我的法文夠好，為什麼我去拉丁語系的義大利反而要考日耳曼語系的英文，而不承認我另一種拉丁語系的法文能力？當然我不是怕考英文，我的英文著作也在國際公認的刊物上發表過，只是覺得這種規定太美國（英語）中心主義，這是對其他文化的認知有限所制訂出來的小動作。

在這種規定下，只要在美國（或英語國家）留學一年以上的人，就可以終身免除英語測驗，而在非英語系留過學的副教授、教授，就算已有專業成果，他的英文能力「在認定上」是比不上他那些剛去美國讀一年書的學生，如果日本也是這樣的話，那怎麼會看到一些老一輩的日本教授在世界各地訪問學習呢？

這樣的規定偏袒了留學英語系國家的人，他們只要在國外待過一年，不一定有專業成績，也沒用英文發表過論文，但他們已被認定有「走遍天下」的語文能力。請國科會也考慮文化上的平衡，以及對少數人的公平性。

《自立早報》
一九九二年三月五日

# 心聲

三年多以前我剛到系上工作，第一次和各位見面是在百齡堂的晚餐聚會上，或許你們不一定都還記得。

三年中，因為教育部課程安排的不合理，我擔任了你們西洋經濟史、西洋經濟思想史、中國經濟發展史三門必修課。誰都知道，這其中的任何一門，在這種課程名稱下只有上智與下愚才敢教。

有一次我重看大學時期的成績單，注意到目前所教的科目當時得了幾分，感覺到命運真是捉弄人。更要怪你們運氣不好的是，竟然讓這個人教這三門課時，都拿你們當作第一批的小白鼠。我真想建議學校蓋一座安魂塔，超渡那些學術興趣不幸被扼殺的心靈，我每年願意當一天的道士。

《清華經濟》第三期
一九八八年十一月

# 第二個童年

古今中外有不少描述親子感情的好文章，如果要以簡潔的方式，來表達我從那個三歲大男孩所得到的最大感受，那就是：

雖然我賦與了他一個生命
但他也給了我第二個童年
而且還無條件的讓我
用自己所喜愛的方式
來共同享受我們的童年

《自立早報》
一九九二年三月廿六日

# 銅像

在夏日的酷陽下
在寒抖的北風裡
在孤涼的暗夜中
敬愛的于右任先生
您到底犯了哪些錯
被罰枯站在圓環上
讓不守秩序的車輛
把您繞得昏頭轉向

後記：仁愛路與敦化南路口圓環的于右任銅像，臺北市政府於一九九七年底拆除，書法界人士請願將銅像置於國父紀念館內。

# 三民叢刊書目

①邁向已開發國家　孫　震著
②經濟發展啟示錄　于宗先著
③中國文學講話　王更生著
④紅樓夢新解　潘重規著
⑤紅樓夢新辨　潘重規著
⑥自由與權威　周陽山著
⑦勇往直前　石永貴著
・傳播經營札記
⑧細微的一炷香　劉紹銘著
⑨文與情　琦　君著
⑩在我們的時代　周志文著
⑪中央社的故事（上）　周培敬著
・民國二十一年至六十一年
⑫中央社的故事（下）　周培敬著
・民國二十一年至六十一年
⑬梭羅與中國　陳長房著
⑭時代邊緣之聲　龔鵬程著
⑮紅學六十年　潘重規著
⑯解咒與立法　勞思光著
⑰對不起，借過一下　水　晶著
⑱解體分裂的年代　楊　渡著
⑲德國在那裏？（政治、經濟）　郭恆鈺　許琳菲等著
・聯邦德國四十年
⑳德國在那裏？（文化、統一）　郭恆鈺　許琳菲等著
・聯邦德國四十年
㉑浮生九四　蘇雪林著
・雪林回憶錄
㉒海天集　莊信正著
㉓日本式心靈　李永熾著
・文化與社會散論
㉔臺灣文學風貌　李瑞騰著
㉕干儛集　黃翰荻著

⑥⓪蝴蝶球傳奇 顏匯增著
・真實與虛構
⑥①文化啓示錄 南方朔著
⑥②日本這個國家 章　陸著
⑥③在沉寂與鼎沸之間 黃碧端著
⑥④民主與兩岸動向 余英時著
⑥⑤靈魂的按摩 劉紹銘著
⑥⑥迎向眾聲 向　陽著
・八〇年代臺灣文化情境觀察
⑥⑦蛻變中的臺灣經濟 于宗先著
⑥⑧從現代到當代 鄭樹森著
⑥⑨嚴肅的遊戲 楊錦郁著
・當代文藝訪談錄
⑦⓪甜鹹酸梅 向　明著
⑦①楓　香 黃國彬著
⑦②日本深層 齊　濤著
⑦③美麗的負荷 封德屏著
⑦④現代文明的隱者 周陽山著
⑦⑤煙火與噴泉 白　靈著

⑦⑥七十浮跡 項退結著
・生活體驗與思考
⑦⑦永恆的彩虹 小　民著
⑦⑧情繫一環 梁錫華著
⑦⑨遠山一抹 思　果著
⑧⓪尋找希望的星空 呂大明著
⑧①領養一株雲杉 黃文範著
⑧②浮世情懷 劉安諾著
⑧③天涯長青 趙淑俠著
⑧④文學札記 黃國彬著
⑧⑤訪草（第一卷） 陳冠學著
⑧⑥藍色的斷想 陳冠學著
・孤獨者隨想錄
⑧⑦追不回的永恆 彭　歌著
A・B・C全卷
⑧⑧紫水晶戒指 小　民著
⑧⑨心路的嬉逐 劉延湘著
⑨⓪情書外一章 韓　秀著
⑨①情到深處 簡　宛著
⑨②父女對話 陳冠學著

⑬陳冲前傳 嚴歌苓著
⑭面壁笑人類 祖慰著
⑮不老的詩心 夏鐵肩著
⑯雲霧之國 合山究著
⑰北京城不是一天造成的 喜樂著
⑱兩城憶往 楊孔鑫著
⑲詩情與俠骨 莊因著
⑳文化脈動 張錯著
(101)桑樹下 繆天華著
(102)牛頓來訪 石家興著
(103)深情回眸 鮑曉暉著
(104)新詩補給站 渡也著
(105)鳳凰遊 李元洛著
(106)文學人語 高大鵬著
(107)養狗政治學 鄭赤琰著
(108)烟塵 姜穆著
(109)河宴 鍾怡雯著
(110)滬上春秋 章念馳著
(111)愛廬談心事 黃永武著
(112)吹不散的人影 高大鵬著
(113)草鞋權貴 嚴歌苓著
(114)是我們改變了世界 張放著
(115)夢裡有隻小小船 夏小舟著
(116)狂歡與破碎 林幸謙著
(117)哲學思考漫步 劉述先著
(118)說涼 水晶著
(119)紅樓鐘聲 王熙元著
(120)寒冬聽天方夜譚 保真著
(121)儒林新誌 周質平著
(122)流水無歸程 白樺著
(123)偷窺天國 劉紹銘著
(124)倒淌河 嚴歌苓著
(125)尋覓畫家步履 陳其茂著
(126)古典與現實之間 杜正勝著
(127)釣魚臺畔過客 彭歌著
(128)古典到現代 張健著
(129)帶鞍的鹿 虹影著
(130)人文之旅 葉海煙著

⑮ 和泉式部日記　林文月 譯・圖

本書為日本平安時代文學作品中與《源氏物語》、《枕草子》鼎足而立的不朽之作。書中以簡淨的日記形式，記錄了一段不為俗世所容的戀情。優美的文字，纏綿的情詩，展現出愛情生活中細膩的起伏感受與歡愁，穿越時空，緊扣你我心弦。

⑯ 愛的美麗與哀愁　夏小舟 著

愛情之於女人，常常是引誘飛蛾撲火的明燈，是絢麗的毒花，可女人偏偏渴望愛情。作者列舉許多男女的愛情、婚姻故事，郎才女貌未必幸福，摯情摯愛未必有緣，只是男人與女人之間如同萬物的規則，一物降一物，鹵水點豆腐，魔高一尺，道高一丈。

⑰ 黑　月　樊小玉 著

丁小玎隨著所在的中國公司到國外做勞務承包。因為是公司的英語翻譯，加上辦事勤快，見了人又總是一個柔柔和和的笑，於是很快就引起當地大部分男人的注意；而小玎能否在心儀的外交人員與愛慕自己的餐廳老闆間找到最後情感的歸宿？……

⑱ 流香溪　季　仲 著

作者透過一群「沿江吉普賽人」在流香溪畔發生的動人故事，牽引出現代觀念與傳統文化的價值矛盾、中日文化的碰撞衝突、人與自然的挑戰，以及善與惡的拉扯等；全書行文時而如行雲流水，時而又如波濤洶湧，讀來意趣盎然，發人深省。

⑮ 史記評賞

賴漢屏 著

司馬遷《史記》一三〇篇，既是「究天人之際，通古今之變」的史學鉅著，也是我國古代傳記文學的精華。本書作者自幼即喜讀《史記》，從師學習，如今蘊藉已深，以其深厚的治學基礎，發為見解獨具的文采丰華，帶領讀者一探《史記》博雅的世界。

⑯ 文學靈魂的閱讀

張堂錡 著

文學的力量使孤寂的心靈得到慰藉，貧乏的人生變得富有，唯有肯駐足品味的人才能透晰其所傳達出最深藏的祕密。本書共分三輯，窺視文學蘊含的殷情深意；感受其求新求變以及對大環境的價值。各自激發不盡的聯想與深沈的感動。

⑯ 抒情時代

鄭寶娟 著

在平淡無奇的生活中，你可曾留意生命中點點滴滴不平凡的小故事？作者以其平實的筆觸，刻劃出看似平凡卻令人難以遺忘的人生軌跡，你我都可能身在其中。書中情節所到之處，或許平凡、或許悲傷，但卻也不時充滿著生命的躍動，值得細細體會。

⑯ 九十九朵曇花

何修仁 著

人生有多少夢境會在現實中重複出現？是山間的樵歌？白雲間的群雁？還是昔日遠方純樸、悠閒的鄉間漫步？作者來自屏東，以濃郁深摯的筆調，縷縷細述人生中最動人的記憶，伴隨你我，步履於南臺灣的舊日情懷，一同感受人間最純摯的情感。

⑯③ 說故事的人

彭歌 著

這是作者多年來觀察文壇、社會與新聞界的肺腑之言。輯一故事與小說自不同角度探討小說寫作；輯二人與文刻劃出許多已逝人物卓然不凡的風範；輯三海外生涯則寫遊記、觀賞職籃等旅居海外之觀感。讀了此書，彷彿親身經歷了一趟時空之旅。

⑯④ 日本原形

齊濤 著

從明治維新以來，日本的一舉一動都對世界有著深遠的影響，尤其對臺灣來說，其影響更是巨大。作者長期旅日，摒除坊間「媚日」或「仇日」的論調，以客觀的描述，剖析日本的現形。對想要了解日本時勢與脈動的人來說，是不得不看的一本好書。

⑯⑤ 從張愛玲到林懷民

高全之 著

作者以嚴謹誠虔的態度，客觀分析的筆調，來評論臺灣當代小說，深深讓讀者了解近代文學的特點，進而深入九位作者的作品中，提供一些深刻的創見，帶領你我欣賞文學的美與實，進而體驗文學對生命喜悅、悲哀等生動的描述。

⑯⑥ 莎士比亞識字不多？

陳冠學 著

莎士比亞識字不多！一直以來被誤認是個偉大的作者。讀過本書，應能還莎士比亞一個清白，他絕對不是一個掠美者。這把聖火在臺灣重新點燃，希望將來這聖火能夠由臺灣再度傳回英國，傳到世界各地，也好讓莎士比亞的靈魂得到真正的安息。

⑯⑦ 情思・情絲

龔華 著

「妳，像野薑花；清香，混合在黎明裏，催我甦醒。沒有妳，我睜不開眼睛，走進陽光的世界。她，是我在黃昏裏，永遠踩不到的影子。像夜來香，惑我走進黑夜的濃郁……」本書集結了龔華在〈中副〉發表的散文，篇篇情意真摯，意境深遠，值得細細品味。

⑯⑧ 說吧，房間

林白 著

一個是離婚、失業的中年婦女，一個是愛熱鬧的單身貴族。兩個背景、個性迥然不同的女子，為何會發展出一段患難與共的交情？且看兩個女子的心情告白。本書在作者犀利細膩的筆調下，深刻描繪出都會女子的愛恨情仇、悲歡離合，值得細細品味。

⑯⑨ 自由鳥

鄭義 著

六四事件的悲憤情緒才剛平復，對八九民運功過的批判聲音竟已隨之響起。對此，大陸流亡作家鄭義，以一幕幕民運歷程與鐵幕紀實，申訴著他的心痛與不平。文中流露對同胞的關懷和自由的嚮往，深深地牽引著每一個中國人心中的沈痛與感動。

⑰⓪ 魚川讀詩

梅新 著

詩是抒情的天堂，但並非每個人都能領會其中的意涵。本書是梅新先生的遺作，首創以雜文式的筆調評論詩作，不依恃理論，反而使篇章更形活潑，有就事論事的評述，也有尖銳的諷喻，語帶機鋒，趣味盎然。引領您一窺知性與感性的詩情世界。

⑰1 好詩共欣賞

葉嘉瑩 著

本書作者葉嘉瑩教授，融會西方接受美學、符號學及中國詩論，來解讀陶淵明、杜甫、李商隱的作品，分析了三人作品的形象、情意和其中所含的隱微深意，並從興發感動讀者的角度來詮釋作品的成功與否，是喜愛古典詩的讀者不可錯過的好書。

⑰2 永不磨滅的愛

楊秋生 著

現代人的生活壓力大，使得人生危機四伏，生活充滿徬徨、疲倦和無力感。如何化解此一危機？作者以多年學佛的體驗，以及和家人朋友互動的點點滴滴，而了解到愛的真義，並希望能將愛分享給每個人，以重燃信心和希望。

⑰3 晴空星月

馬遜 著

大崙山上，晴空萬里，夜色如銀，星月交輝。作者因佛緣，追隨曉雲法師的步履，出掌華梵大學，以發揚佛教教育為己任。本書除叮嚀青年學子的話語外，還有對社會大眾闡發佛法精神的演講。其智慧的話語，如醍醐灌頂，為淨化心靈的一帖良方。

⑰4 風　景

韓秀 著

韓秀，一個出生於紐約，卻長年往返於世界各地的奇女子。在雅典、在開羅、在布達佩斯、在臺北、在高雄、在北京，作者皆能以其敏銳的心觀察她所造訪過的每一寸土地，以其向具纖細的筆觸，使一幅又一幅的動人「風景」躍然出現在您的面前！

⑰⑤ 談歷史 話教學

張元 著

作者以二位高一新生對歷史課程的困惑為引子，藉著師生座談對話的方式，針對高中歷史教材，從北京人時代到西晉，試圖以「史料閱讀」的方法鮮明地建構各代的歷史圖像，在活潑的對白間既談歷史意涵又話歷史教學，相當適合高中教學的參考。

⑰⑥ 兩極紀實

位夢華 著

任何人想要親臨兩極之地恐怕都不是件容易的事。作者因從事研究工作之便，足跡跨越兩極，將在極地所見所聞之動物奇觀、自然景致乃至當地所受文明衝擊，或以幽默輕鬆，或以深沈關懷的筆調娓娓道來，是無緣親至極地的讀者絕不可錯過的佳作。

⑰⑦ 遙遠的歌

夏小舟 著

世上只有兩種人，男人和女人。然而男女之間的恩愛情仇，卻糾葛難解。本書作者以一篇篇幽默的短篇故事，道盡世間男女的愛恨嗔痴。在她細膩委婉的筆下，愛情的本質和婚姻的面貌都一一呈現，必可帶給你前所未有的感受與體悟。

⑰⑧ 時間的通道

簡宛 著

「人生，是一條時間的通道，每一個人所走的方向和目標雖然不一樣，但是經過的路程卻是相似的……」當人們沈溺於歲月不待人的迷茫和感嘆時，作者平實的筆調將帶著我們對生活多用一點心思和一點執著，會使我們的「通道」裏，留下一點痕跡。

(179) 燃燒的眼睛

簡宛 著

作者以自身多年來在美國的異域生活為背景，輔之敏銳的觀察力、豐富的情感、濃郁深摯的筆調，從而幻化出一篇篇感人肺腑的故事。尤其對於旅居海外異鄉遊子們的心境描寫更是深刻動人，是一本值得再三玩味的小說。

(180) 月兒彎彎照美洲

李靜平 著

沒來美國時還不知那生活啥款；來了才知樣——啊！真夭壽！ 來到美國，是穿梭在黑白紅黃人群間；或在房裡看華語電視？是在壁爐邊吃耶誕大餐；還是窩伴著一桌熱火鍋？在忙碌的陽光下，可想起夜空裡一彎新月？月兒彎彎，訴說的又是誰的故事？

(181) 愛廬談諺詩

黃永武 著

諺詩，是指用諺語聯成的詩，由於聯接巧妙加上意外組合，因此往往會有不可料想的妙趣出脫。如捉豬上板櫈，走馬看天花；成人不自在，做鬼也風流，等等。本書將帶你悠遊中國式幽默，探索諺語的源頭，喜愛好書的你，可千萬不能錯過！

(182) 劉真傳

黃守誠 著

劉真，一位自四十年代開始影響國內教育最鉅的教育家。本書自劉真先生家學淵源寫起，隨著時間軌跡，記錄了他如何在風雨飄搖的年代裡為教育此類百年大業做出努力；因此雖然本書為劉真先生個人傳記，卻同時也是了解現今教育體制的最佳參照。

## ⑱③ 天涯縱橫

位夢華 著

以兩極生態氣候的研究為基礎，作者建構了此書的論理與想像世界。內容從極地景致、開拓艱辛及天文物理觀念，引申至有關宇宙天人及環保的許多想法，包容科學與文學，兼具知性與感性。讓您在詼諧而深切的筆調中，激發對地球的關懷與熱愛。

## ⑱④ 新詩論

許世旭 著

中國詩歌，無論新舊，是一座甘泉，若不掬飲，口渴神焦，……。作者係韓國人士，長年沈浸在中國文學之中，對於在中國新詩的源起及兩岸新詩風格的異同，均有獨到而精闢的見解。是讀者拓寬視野，更深入了解中國新詩之發展所必備的好書。

## ⑱⑤ 天　譴

張　放 著

「一不埋怨天，二不埋怨地，只是咱家命不濟，生長在這亂世裡。」于祥生，一位山東流亡學生，民國三十八年隨政府搭乘濟和輪來到澎湖，卻萬萬沒料到會遭逢一場史無前例的政治騙局，他的人生、情愛就在這時代悲劇與宿命的安排下，無奈地上演。

## ⑱⑥ 綠野仙蹤與中國

賴建誠 著

一本融和理性與感性的著作，以經濟分析的專業素養，將關懷的筆觸，延著供需曲線帶進閱讀的天空。那一篇篇翔實的數據，是驗證生活的另一種形式；那一篇篇雋詠的小品，則是理性思維的靠墊。不管你來自士農工商，本書都能提供一場知性洗禮。

⑱ 標題飆題

馬西屏 著

一個出色的報紙標題不僅要精簡準確地傳達新聞訊息，更要能表現文字的優美和趣味，這可是一門藝術。近年來報紙解禁，各種充滿巧思創意的標題紛紛跳上版面，等著要攫取你的注意。小心！一場報刊標題的革命正在編輯枱上悄悄進行……

⑱ 詩與情

黃永武 著

詩以情為主，作者長期浸淫於古典情詩，擷採珠玉，編綴出男女的愛情、家人的親情、入世的世情與出世的忘情種種世態人情。文中所引，首首如新摘茶筍，簇新可喜，且解說精要，切緊詩旨，能帶給您全新的視野與怡然的感受。

⑱ 鹿 夢

康正果 著

從大陸西安到新大陸東岸的小鎮，不同的國度有著不同的風土民情，但在作者細膩的心思與敏銳的觀察力之下，它們之間起了微妙的關聯。長期旅居海外的作者，將他生活中的點點滴滴，轉化成一篇篇清雅的散文精品，將讓您領會閱讀的雋永與甘美。

⑲ 蝴蝶涅槃

海 男 著

「一個生活在舊時代的女人，她生活在男人之中不如說是生活在戰爭之中，她生活在戰爭之中不如說是生活在蝴蝶之中。一個生活在蝴蝶之中的穿中國旗袍的女人，其靈魂終究會像蝴蝶一樣四處飛翔。」而她的歸宿，竟在何方？

國家圖書館出版品預行編目資料

綠野仙蹤與中國／賴建誠著．--初版．
--臺北市：三民，民87
面；　公分．--(三民叢刊；186)
ISBN 957-14-2880-9 (平裝)

855　　87005762

網際網路位址　http://www.sanmin.com.tw



著作人　賴建誠
發行人　劉振强
著作財產權人　三民書局股份有限公司
臺北市復興北路三八六號
發行所　三民書局股份有限公司
地　址／臺北市復興北路三八六號
電　話／二五〇〇六六〇〇
郵　撥／〇〇〇九九九八——五號
印刷所　三民書局股份有限公司
門市部　復北店／臺北市復興北路三八六號
重南店／臺北市重慶南路一段六十一號
初　版　中華民國八十七年十月
編　號　S 85442
基本定價　叁　元
行政院新聞局登記證局版臺業字第〇二〇〇號



ISBN 957-14-2880-9 (平裝)